徳 間 文 庫

壁の花のバラード

赤 川 次 郎

徳 間 書 店

目次

1　シンデレラの夜

ろくなのがいないわね……。

伊《い》原《はら》有《ゆ》利《り》は、真新しいイタリアンレストランを借り切ったパーティ会場を見回しながら、思った。

あれは顔が……。いくら「男は顔じゃない」っていっても、あればいい、ってもんでもない。程度問題よね。

あっちは、まるきりお子様の顔に中年の体型。不気味だね。

あの後ろ姿は――だめだめ。振り向かないでほしかった！　あのシャツの趣味の悪いこと。足だけ長いと思って、やけに足を開いて立ったりして。飲み物運んでいるウエイターの足、引っかけそう。

ハハ……。あれはどう見たって一目で分るね。髪のフサフサしているのがあまりに不自然。ずいぶん高かったんでしょうね。ご同情申し上げます。でも、やりすぎって言わざるをえない。

まあ……この中じゃ、あの白いスーツがましな方か。でも、いかにも女の子の目を引いている、って意識してるね。そうチラチラ、女の子の視線を追いかけないで！

みっともないわよ。

いやなのは、こんな所でだらしなく酔ってる人ね。お座敷の宴会と間違えないで。これは「パーティ」で、「カラオケ大会」じゃないんだからね。

――あーあ、ろくな男がいない！

伊原有利は、壁にもたれて、大分薄くなったカクテルなんか飲みながら、ため息をついた。

確かに、有利の採点は少々厳しいとはいえ、大方、当たっていた。しかし――それだけじっくり男たちを観察していられたということは、裏返せば、有利がいかに暇だったか、ということでもある。

そう。有利は、パートナーなしで、ここへ来ている。といってパーティの中で、パッと相手を捕まえられるほど、器用でもないのだ。

かくて、目下のところ伊原有利は「壁の花」に甘んじているのだった。正直に言えば、伊原有利は、まるでもてない。

Nデパートに勤めるOL、二十六歳。中肉中背。小さいころから、モデルやタレントにスカウトされたことは、一度もないが、しかし人並には可愛いと思って来た。

少なくとも父親や祖母は、「可愛い」と言ってくれた（当たり前か）。今は――あんまりそう言ってくれる人はいないが、自分では、もうちょっともてもいいのに、と思っている。

しかし、こういうパーティなんかに出ると、やっぱり一向に男から声をかけられない。

「だから来たくなかったのよね」

と、有利は呟《つぶや》いたが、そのとき、ふと誰かに見られている、という感じに捉えられたのだった。

気のせいかしら……。

伊原有利は、パーティ会場の中を見渡した。誰も、有利の方を見てはいないようだ。

でも……確かに、誰かに見られている、という印象は、有利の五感をチクチクと刺激し続けていた。まるで花粉症にかかっているみたいな感じで、どうも気になる。

でも、こうやって見回しても、どこにもそれらしき男はいない。男じゃない？——やめてよね！　私、そういうタイプじゃないんだから。

「ねえ有利！」

と、有利をこのパーティに引張って来た張本人、Nデパート同期入社の鈴木《すずき》晶子《あきこ》が人をかき分けるようにしてやって来た。

目のまわりをほんのり赤くして、大分舞い上っている感じ。何しろ、アルコールはめちゃくちゃに強い。相当に飲んでいるのだろう。

「どう、有利！　楽しんでる？」

酔うと声が大きくなる。もともと甲高い声なので、ますます人の頭にキーンと響くのである。

「楽しんでるわよ」

と、有利はぶっきらぼうに言った。「『壁さん』と仲良くお話ししてね」

「あら、楽しそうねえ。有利も、そういう相手ができたのか」

全然分ってない。

「私、そろそろ失礼しようかな」

と、有利は言ったが、そのとき、店の中の照明がスッと落ちて、代りに淡いブルーの光がゆっくりと波打つようにめぐった。

同時に、音楽が店の中に満ちた。ディスコミュージックのような、にぎやかな音楽じゃない。ゆったりとリズムにのって踊れるような……。

「何言ってんの、これからが楽しいのよ」

晶子がポンと有利の肩を叩《たた》いて、「ね、その『かべさん』とかいう人と、踊んなさいよ！」

と、あっちへ行ってしまう。

有利は、呆《あき》れて見送っていたが、やがて肩をすくめて――。

でも、すぐに帰るっていうのも、何だか侘《わび》しい気がした。といって、一人、壁にもたれて、ぼんやり突っ立っているのは、もっと侘しい。

レストランには小さな中庭があって、そこにも、いくつか白いテーブルが置かれている。

そこの出入口も、開け放してあるようだ。

人いきれと、いささかの酔いも手伝って、有利は外の空気を吸いたい気分だった。

「ちょっと……。ごめんなさい」

と、踊っているカップルの間をすり抜けながら、その中庭に出る。

ホッと息をついた。外気が頰《ほお》に涼しい。見上げると、都会とは思えない星空だった。

中庭のテーブルも、今は空っぽ。

そりゃそうだろう。みんな誰かにエスコートしてもらって来ているのだ。今はレストランの、テーブルや椅子を片づけたフロアで、ロマンチックに踊っている。

勝手にやってよ。――有利は、椅子に腰をおろして、息をついた。

どうして、晶子について来ちゃったんだろう？

もちろん、有利に「彼氏」がいないというのが、根本的な理由には違いないのだが、鈴木晶子は、どういうわけだか、有利に恋人を見付けてやるのが自分の使命だと思っているのだ。

だから、何だかよく分らないパーティにも何かというと有利を引張って行く。そして、責任を取って、ちゃんと相手を見付けてくれりゃいいのだが、いざパーティが始まると、自分で酔っ払って、彼と二人でどこかへ消えてしまったりするのである。

取り残される方の身にもなってほしい。

有利は、いつもふてくされて、パーティの途中で帰る、というパターンになってしまう……。

「ま、いいけどね」

と、有利は呟いた。

男なんかできると、あれこれ気もつかうし。有利は、晶子みたいに、はしゃいで恋を楽しめるタイプではない。

気の重いこともあるだろうし、それぐらいだったら、一人でいた方が。世の中、いい男なんて、ざらにはいないんだしね。

「――一人？」

と、声がして……。

「え？」

キョトンとして、顔を上げる。今、誰かが――何か言った？

「失礼」

びっくりして、有利は飛び上りそうになった。

いつの間にそばへ来たのか、男が一人、立っていたのだ。

「あの――ごめんなさい」

と、有利は急いで言った。

「は？」

「あ、いえ――」

何でも、すぐ謝るくせがついているのだ。「この席、あなたのかと思って」

そんなわけがない。外のテーブルなのに。

「いや、お一人でしたら、踊っていただけないかと思いまして」

――少し色白の、気品のある青年だった。

もしかしたら、少し年下かもしれない。でも、着ている物も、物腰も、至って上品。

それに二枚目である。

有利は、そっと自分の太ももをつねって、これが現実であることを確かめたのだった。

もちろん、有利としては、踊りの誘いを断る理由はない。しかし、いざ本当に二枚目の男に声をかけられてみると、却《かえ》って、断る口実を捜してしまうのだった。

「あの――私、踊り、下手ですけど」

「僕だってそうです」

と、その色白な青年は言った。「でも、別にコンテストに出るわけじゃないんですから、自分たちが楽しければいいんじゃありませんか？」

そう。――その通りだわ。

有利は立ち上がって、

「じゃあ、中へ入ります？」

ときいた。

「僕はどっちかというと、この中庭の涼しい空気の中で踊りたいんですが。あなたが中の方がいい、とおっしゃるのなら」

「いいえ！　外の方がいいわ。静かだし」

「邪魔も入りませんしね」

本当だ。有利は、この青年と、自分の感覚がピタッと一致しているのを直感した。

そんな出会いって……すてきだわ！

青年の手が、そっと有利の手を取る。柔らかくて、ひんやりとした手だった。

軽く抱き寄せられて、踊り始める。有利は、およそ踊りなんて不得手なのだが、青年のリードが巧みなのか、苦もなくついて行くことができたし、相手の足を踏むこともなかった。

「――上手いじゃありませんか」

と言われて、有利の顔はカッと熱くなった。

「いえ……」

「一人でいらしたんですか？」

「友達と――といっても、同じ職場の女の子なんです」

と、有利は急いで言った。「あなたのお連れの方は？」

「僕も一人ですよ」

まさか、と思ったが、有利は黙っていた。こんな男性が、パートナーもなしで来るわけがない。

しかし、有利は、それ以上しつこく聞かないことにした。何と言っても、今は、自分がこの魅力的な青年と踊っているのだ。他の誰でもない、伊原有利が、だ。

中庭へ洩《も》れ聞こえていた音楽が止んだ。

二人は踊るのをやめて、それでも何となく手は握ったままでいたが……。

「ずっと、ここにいないと、まずいんですか」

と、青年が言った。「つまり、パーティを脱け出してもいいか、ということです」

有利はドキッとした。青年の言葉は、どう考えても、「誘惑」の文句である。もちろん、すてきな男だとは思うが……。有利もそこまでの決心はつかなかった。

「あの……今、すぐってわけには」

と、有利は言った。「友達も一緒ですし」

「そうか。いや、もちろん無理にってわけじゃありません」

と、その青年が言う。

だめじゃないの！　いつもそんな風だから、もてないのよ。チャンスをしっかりつかまえなくちゃ！

有利の中に、自分を励ます声がした。

「――いや、楽しかった」

と、青年が微笑《ほほえ》む。

その笑顔は、ほの暗い夜の中で、うっとりするほどロマンチックだった。

「あの――今でも――」

と、有利があわてて言いかけると、

「どうでしょう」

と、青年が少し改まった口調で言った。「今度、二人だけで会ってもらえませんか」

「え――ええ、もちろん結構です」

と、有利は何度も肯《うなず》いていた。

「良かった」

青年はホッとした様子で、「なかなかいないんですよ、僕が見える人は」

「え？」

「いや、何でもないんです」

青年は、レストランの照明が少しずつ明るさを増しているのを見て、

「じゃ、もう行かないと。――お名前は？」

「あ、私……伊原有利です。〈有利〉とか〈不利〉とかの〈有利〉と書きます」

「僕は沢本《さわもと》です。沢本徹夫《てつお》」

「沢本さんですね。で、どうやって連絡を――」

「僕の方から訪ねて行きます」

「はあ。でも……」

「じゃあ。今夜はとても楽しかった」

「どうも……」

有利は、沢本徹夫というその青年が、レストランの中へ戻って行き、アッという間に人の間に姿を消してしまうのを、ぼんやりと見送っていたが……。

「あの人、私の住所も電話も知らないくせして」

そうなのだ。口じゃうまいことを言っていたが、今夜、付合う気がないと分ると、さっさと逃げ出した。そういうプレイボーイなのだろう。

でも……。有利の中には後悔する気持が残っていた。

たとえ一夜の遊びだって、良かったじゃないの。それが本当の恋に変ることもあるんだから。

有利は、急いで中庭からレストランの中へ入って行った。沢本という青年が、まだどこかにいるかもしれない。

「有利!」

と、腕をつかんだのは、鈴木晶子だった。「あわてて、どこに行くのよ」

有利は、澄まして、

「別にあわててなんかいないわよ」

と、言った。

本当は沢本を捜したいのだが、晶子に、男を追いかけているところを見られたくなかった。

「ごめんね、一人で放っておいて」

と、晶子は多少気が咎《とが》めている様子。

一人じゃなかったわよ。おあいにくさま。心の中で、有利は舌を出してやった。

「気にしてたんだけどさ、ずっと」

と、すっかりいい機嫌の晶子、少々トロンとした目つきで、「でも、こっちも、彼を放っとくわけにはいかないし。ねえ」

「そうね。いいのよ。気にしないで」

大きなお世話。有利っていい人ねえ。どうしてそれで男が寄りつかないんだろ」

「ね、有利。私、これから彼とさ、ちょっと寄る所があんの。有利、どうする？」

晶子は、もう半分陶酔状態。――どうする、じゃないわよ！

「どうぞお構いなく」

と、有利は言ってやった。「私もね、待ち合わせてるの」

晶子が目をパチクリさせて、

「待ち合わせ？　誰と」

「今、中庭で踊った相手よ。ぜひ、今夜お付合い下さいって、言われたの。ま、どうなるかは成り行きだけどね。じゃ、彼が待ってるから、私、行くわ」

早口に、まくし立てるように言って、有利は晶子を残し、人の間をすり抜けるようにして、出口へと急いだ。

もちろん、あの沢本という青年が見付かるとは思っていないが、ああでも言ってやらないと、腹の虫がおさまらなかったのである。それに、本当に彼が訪ねて来るかもしれないんだ。百パーセントでたらめ、とも限らない。

クロークでコートを受け取って、有利は夜の通りへと靴音も高く歩いて行った……。

一方、残された鈴木晶子の方は、ポカンとして突っ立っていたが……。

「どうした？」

と声をかけて来たのは、井田《いだ》という、晶子の「彼氏」である。

金持の息子で、まるで働いたことのない坊っちゃん。二十八にもなって、「坊っちゃん」は少々気味が悪いが、人は悪くない。

「うん……。有利がね……」

「ああ、君の友達だろ、いつも一人の」

「それが……。中庭で誰かと踊ってた、っていうの。私、ちょくちょく目をやってたけど——有利、ずっと一人だったのよね」

「ああ、一人でフラフラしてたな。酔ってたんじゃないか」

晶子は、不思議そうに首をかしげるばかりだった。

2　再会は楽し

「そろそろ行くか」

と、永久に居座りそうに思えたその客が、やっと腰を上げた。

「いつもありがとうございます」

と、有利は頭を下げた。「ぜひ、またおいで下さいませ」

内心、二度と来るな、とか思っているんである。

「ああ。――じゃ、仮縫いのときにまた」

どこだか聞いたことのない会社の社長。

――ま、社員が奥さん一人でも、社長は社長だ。

「ありがとうございました」

と、やっとその客を送り出すと、伊原有利は、フーッと息をついた。

何しろ、三十分以上もその客一人の相手をしていたのだ。午後の一時を少し回って、この売場の主任は昼食に行ってしまっている。

もちろん、呼べば飛んで来るのだが、例の「社長」は、有利とおしゃべりしている方がいいらしいのだ。

「冗談じゃないわよね、全く」

有利がブツブツ言っていると、

「ああ、伊藤君」

突然、あの「社長」がすぐ後ろに立っていて、有利は飛び上るほどびっくりした。

「は、あの――」

「言い忘れたが、今度、ゴルフにでも付合わんかね。俺は名門のコースに顔がきくんだ」

有利は、啞然《あぜん》としていた。

ここは、Nデパート、紳士服特選売場。

デパートの中では、静かで比較的上品なイメージの、ここが有利の職場である。もちろん、貴金属だって特売場だって、売る方にしてみりゃ大して違いはない。

ここも、値引きしろ、という客は来ないかわりに、こんな風に雑談の相手までさせられるのである。

「あの——そういうことはちょっと……」

と、有利は何とか笑顔を作った。「それにゴルフはやりませんので」

「じゃ、ヨット？　カラオケ？　何でもあるぞ」

しつこさを絵にかいたような、この社長、有利の名を「伊藤」と思い込んでいて、平気で、

「伊藤君はいるかね」

なんて、やって来る。

「お客さまとの個人的なお付合いは……」

「何を言っとる。大人と大人だ。なあ、よく考えとけよ。ハハハ」

ポンと有利の肩を叩《たた》いて去って行く、その後ろ姿は、背広を来たマウンテンゴリラというところだった。

「有利。どうしたの？」

昼の休憩時間が終ったらしい鈴木晶子が、うんざりした様子で突っ立っている有利の方へやって来た。

「晶子か。――見りゃ分るでしょ」

有利が顎《あご》でしゃくると、晶子は笑って、

「例の社長か。あんたのこと『伊藤さん』だと思い込んでる」

「ゴルフにヨットにカラオケだって。何を考えてんだろ」

と、有利はくたびれ果てて、奥の仮縫用の小部屋へ入ると、スツールに腰をおろした。

「三日分はくたびれた！」

「誘惑されたわけだ」

と、晶子が愉しげに、「もてていいじゃない」

「殴られたい？」

と、有利はジロッと見上げてやった。

「ね、有利。一度訊《き》きたかったんだけどさ、この間のパーティのとき」

「先に出てったでしょ。誰だか追いかけるって言って」

有利は、ちょっと目をそらした。

あの男の姿は、もう見えなくなっていて、当然、有利は一人でいつも通りアパートへ帰ったのだが、晶子にそう答えるのも、しゃくだ。

「ああ、あれね」

「どうなったの、結局は？」

「うん……。まあ、会ったばっかりで、あんまり遅くまでっていうのもどうかっていうんでね。また近々会うことになったの」

「近々？」

「そう。彼の方からね、連絡してくれることになってるのよ」

「そう……。良かったわね」

晶子は、何となく目をそらしている。

「どうなるか分んないけどさ、人の出会いなんて、そんなもんでしょ」

「そうよね。――その人、何ていうの？」

「名前？　沢本っていうの、沢本徹夫」

「沢本徹夫か……。あのとき、中庭で、ずっと踊ってたのね？」

「うん。どうかした？」

「そうよ。晶子、見てたの？」

「あんまり……よく見えなかったのよ」

「晶子、酔ってたから、他のことは目に入らなかったんでしょ」

と、有利は笑って、「あ、ちゃんと売場に戻ってないと、やばいやばい」

仮縫室を出て、有利はさっきの「社長」がオーダーして行ったスーツの伝票を書き始めた。

「──じゃ、またね、有利」

と、晶子が声をかけた。「その内、沢本さんって人、紹介してね」

「いいわよ」

伝票から目を上げずに答えた有利は、晶子が何だか不安げな目で自分を見ていることに、まるで気付かなかった。

婦人服担当の晶子が行ってしまうと、特選紳士服のコーナーは、有利一人になった。

こんなポカンとした空白の時間も、たまにはある。

「そうそう」

新しい布地の見本が来てたっけ。あれを出しておかなくちゃ。課長がうるさいからね。

有利は、隅に置いてあった段ボールの箱を開けて、中から分厚くファイルされた見本帳をとり出した。ともかく重いのである。

「もう少し軽くなんないのかしら」

と、文句を言いつつ、かかえて振り向くと――。

目の前に沢本徹夫が立っていた。

「キャッ！」

びっくりした有利は、見本帳を落っことした。ごていねいにも、自分の足の上に。

「あ……いた……」

と、必死になって笑顔を作り、「会いた……かったわ」

「僕もです」

と、沢本徹夫は言った。「びっくりさせてすみませんね」

「いえ、こっちこそ……。あの、ちょっと待って下さいね」

見本帳をかかえ上げると、有利はガラスのテーブルの上にのせた。

「でも、よくここが分りましたね」

と、有利は息をついて、「私、あのとき勤め先とか、言いましたっけ？」

「分るもんですよ、心が通じ合えば」

「はあ。そうですね」

何だかよく分らなかったが、ともかく現にこうしてやって来ているのだ。有利としては、文句をつける気は、別になかった。

「この間は、突然あんなことを言って、失礼しました。びっくりしたでしょう」

明るい光の下で見ても、この青年の印象の爽《さわ》やかさは一向に変らなかった。

「そんなこと……。もう子供じゃないんですし」

と言ってから、有利は少し頰を赤らめた。

「一度、あなたがどんな所で働いているのか、見たくてね」

と、沢本徹夫は言って、売場を見回した。「趣味のいいディスプレイだ」

「そうですか？　時々悪趣味なお客もみえますけど」

「さっきの『社長さん』ですか」

「ご存知？」

と、有利はびっくりして言った。

「見てました」

「あら……。でも、あなたなら」

有利は、沢本の格好をざっと見て、「この間と同じ服装ですね」

「これきりでしてね」

と、沢本徹夫は肯いた。

「まあ。何かお持ちでしょ？　合うのを見てあげましょうか。待って」

有利は、ちょっと考えると、布地を二、三持って来た。「こういう色の方がお似合いですよ」

有利だって、だてに何年も紳士服売場にいるわけじゃない。

沢本徹夫にぴったりの色柄、デザイン、と、パッと頭に描くことができる。――ま、何といっても、中身がいいと、服だって映えるものだ。

「ほらね。この柄の上着と、こっちの下でぴったり。靴の色もそれじゃまずいですけどね」

「なるほどね」

沢本は、すっかり感心している様子。「プロだなあ、さすがに」

有利もすっかり嬉しくなって、

「どうですか？　上下で――ちょっと高いけど、分割払いもできますし……」

と言いかけてハッとした。

何やってんのよ、全く！　この人にスーツを売りつけてどうするの。こんな風だから、ちっとももてないんだわ。

「あの、ごめんなさい」

と、有利は言った。「つい、何だか――いつものくせが出ちゃって」

「いや、そういう自然な姿が見たかったんですよ」

沢本はニコニコ笑っている。この人、私のことを馬鹿にしてるのかしら、などと、ふと考えてしまうのが、有利の悪いくせである。

「私——買ってあげようかしら。この上着、どうですか？」

ほとんど発作的（？）に、有利はそう言っていた。

——とんでもない話で、ここは高級品ばかり置いてあるのだ。有利が手にしていた布地は、仕立代こみとはいえ、二十万円近くしていた。

「いや、とんでもない！　いけませんよ」

と、沢本もさすがにびっくりした様子。

「ぴったりですもの。——ね、ほら、こっちへ来て」

有利は、何だかもう意地になって、沢本を仮縫室へ引張って行った。

「あのね、僕はとても——」

「お金はいいんです。私だって、少しは貯金してるし。ええ、別にデートだって、男の人に何もかも払わせようなんて思っていません。ちゃんと自分の分は払います」

「そんなことじゃなくてですね——」

「私、あなたにこれを着てほしいんです。別に、その代り、どこかへ連れてってくれ、とかそんなことは言いませんから」

相手が何も言わない内から、いささか被害妄想的発想をしてしまうのも、有利のくせ。ともかく、思い立った以上は、これをこの男に着せてやろう、と決心している。

「あなたに言っとかなきゃ。僕は——」

「ほら、鏡を見て。ぴったりでしょ、この柄」

と、布地を沢本の肩から胸にかけて広げ、有利は、姿見の方へと目をやった。

だが、有利は目を疑うことになったのである。

どうして？

自分の目がおかしくなったのか、と思った。沢本の方へ目を戻すと、ちゃんと、少し照れたような笑顔で、立っている。それなのに——鏡を見ると、映っているのは、いいいい、有利と布地だけ……。

こんなことって……。

「だから言ったでしょ」

と、沢本が肯いて、「ちゃんと話を聞いてからにしてくれないと」

「は……」

有利は、ポカンとして突っ立っていた。

そこへ、

「おい、伊原くん！」

と、課長の声がした。

「はい!」

有利は反射的に返事をした。「すぐ行きます!」

返事をするのに、顔を仮縫室のドアの方へ向けた。すぐに沢本の方へ顔を戻して、

「あの――」

と、言ったきり、後が続かない。

そこには、誰もいなかったのである。たった〇・何秒かの間に、消えてしまったのだ。

有利は、しばしその場に立ちつくしていた。そして……。

課長の大崎《おおさき》がドアを開けたときには、有利は床にひっくり返って、気絶していたのである。


「――軽い貧血か、立ちくらみのひどいのでしょ」

デパート内の医務室は、なかなか立派である。もちろん社員も来るが、気分の悪くなった客が運ばれて来ることもあるからだ。

細かく仕切られた小部屋の一つで、有利はベッドに横になっていた。

このデパートには社員だけで六千人もが出入りしているとはいえ、完全に失神した状態でかつぎ込まれる人間は少ない。

おかげで、退屈している女医に、すっかり面白がられ、血圧だの脈拍だのの他に、あっちこっち検査されてしまった。

しかし、いくら検査してもらっても、「何があったのか」本当のことを話すことは絶対にできない。

大体、話したって、誰も信じてくれるわけがない。

男が一人、鏡にも映らず、突然消えちゃったなんて……。

何もかも夢だったのかしら？　でも、眠りもしないで、夢を見たりするんだろうか。

「──有利！　大丈夫？」

と、びっくりして駆けつけて来た晶子が、顔を出した。

「晶子か。良かった。遺言しときたいことがあったの」

と、有利は言った。

「馬鹿言うんじゃないの」

と、晶子は、寝ている有利の額に手を当てて、「ふーん、熱はないね」

晶子は、女医が出て行って二人になると、少し低い声で言った。

「ね、有利。少しお休み取りなよ。疲れてんのよ、きっと」

疲れてるだけで幻を見るかしら？

「心配してくれてありがとう。でも大丈夫。ちょっとしためまいよ」

「あ、起きないで！——ね、有利」

「うん？」

「あんた……言ってたでしょ、沢本とかいう男性のこと」

有利はギクリとした。

「どうしたの、それが？」

「あのねぇ……。言いにくいんだけどさ」

と、晶子は有利から目をそらしながら、言った。「パーティのとき、有利、ずっと一人だったのよ」

「——ずっと？」

「うん。中庭にいるあんたもね、私、ちゃんと見てた。でも、有利、ずっと一人きりだったわ」

有利は仰向けに寝ると、白い天井を、ぼんやりと見つめた。

「確かに一人だった？」

「うん。——それをさ、有利、沢本何とかいう男と会ったとか言って……。ね、こういうことって、きっと疲労から来るのよ。だから、のんびり休んでさ」

「はっきり言えば？」

「え？」

「もてない女の、性的幻想だ、とかさ」

「有利……。そんなこと言ってないじゃないの」

有利は、ちょっと笑った。

「ごめんごめん。――そうね。少し疲れて、参ってるのかもね」

「そうよ。少し休みを取って、旅行でもしたらいいわ」

晶子はホッとした様子で言うと、「もう売場に戻らなくちゃ。じゃ、気を付けてね」

「ありがと」

有利は一人になって……ゆっくり呟いた。

「何てこと！」

有利とて、自分のことは分っている。およそ白昼夢を見たりするタイプじゃないってことも。

いくら幻想でも、〈沢本徹夫〉なんて名前まででっち上げやしない。それに、彼と交わした会話の一つ一つ、声の調子まで、ちゃんと耳に残っているのだ。

さっきだって、確かに沢本は「存在した」のである。少なくとも、有利にとっては、だ。

鏡にも映らず、姿をパッと消したりできるというのは――。もう一回、有利はため息をついた。

沢本徹夫は「幽霊」なのだ。

有利は、そう結論づけないわけにはいかなかった。

3　幽霊の事情

「全くね……」

と、有利はため息をついた。

タイムレコーダーなんてものは、今はない。磁気カードをスリットに通せば、出退勤の時刻も記憶されるようになっているのである。

このカードは、昼食の券を買ったりするのにも使える。時代はどんどん便利になっているのだ。

で……そんな時代に、「幽霊」？

やめてほしいわね。時代錯誤としか言えないじゃないの！

ロッカールームで着がえをして、有利は帰ることにした。ちゃんと定時の退社。

「もう大丈夫です」

と言って、売場に戻り、ちゃんと仕事をしたのである。

表に出ると、女子社員の帰りを待つ男性が、大勢集まっていて、独特な雰囲気。男性の側としても、ズラッと並んでいると、いやでも比較されるから、なかなかきびしいものがある。

有利は、もちろん素通りして、地下鉄の駅へとわき目もふらず、歩いて行く。もしかすると、男たちの中に沢本徹夫がいたかもしれないが、あえて考えないことにしたのである。

でもねえ……。いくらもてないからって、幽霊に見込まれなくたっていいじゃないの！

有利は、特別、霊感とかのある方ではない。むしろ、そんなものとはまるで無縁にやって来た。

だからこそ、あの男が幽霊だと判断しても、格別に悩まずにすんだのかもしれない。つまり、自分が幻覚なんか見るタイプじゃないから、あの男は実際に存在した、と結論づけたわけである。

有利は現実主義者だ。お化けが出るなら出たで、怖がってばかりいるのでなく、どう対処すべきか、考えているのだった。

方法は一つしかない。――無視すること。

たとえ目の前にヒョッコリ現われても、見えないふりをしておく。話しかけられても知らん顔をする。

しばらくそれを続けりゃ、向うだって諦《あきら》めて、どこかよそを当るだろう。

それにしても、情ない話！　言い寄って来るのは幽霊ぐらいか。泣きたくなっちゃうよね、全く！

地下鉄のホーム、電車の中、と、有利はさりげなく周囲を見回していたが、沢本徹夫らしい姿は、どこにも見えなかった。

幽霊は電車に乗らないのだろうか？

しかし、あのパーティに現われ、デパートにもやって来たところを見ると、どこにでも出て来そうな気がする。

それを考えると、有利は気が重かった。

有利は、くたびれ果てて、アパートへ辿《たど》り着いた。

名前こそ〈マンション〉となっているが実質はアパート。新しいので、建物はきれいだが、その代り家賃は安くなかった。

前には、壁が薄くて、隣室で見ているTVの音が、もろに聞こえて来るというボロアパートにいたのだが、今はさすがにそんなこともない。

二階へ上って、隣の部屋の若奥さんと顔を合わせる。

「今晩は」

「どうも。――いかが？」

と、有利は聞いた。

若奥さんはお腹が大きい。

「ええ、よく暴れるの。夜中にそれで目を覚ましたりするのよ」

原田百合《はらだゆり》というのが、その奥さんの名前で、有利より若い二十四歳。ご主人も同じ年齢で、いかにも楽しげな新婚生活を絵にかいたようなご夫婦である。

「何かお手伝いすることがあったら、言ってね」

と、有利は言った。

「ありがとう。入院ってことになったら、何かお願いするかもしれない。母は九州でしょ。わざわざ来てもらうわけにいかないの。お店やってるから。——じゃ」

「気を付けて」

重い体で、原田百合が、よいしょ、よいしょ、と階段を下りて行く。

有利は、微笑みながら見送って、自分の部屋の鍵をあけた。明りを点《つ》けると、

「お帰り」

部屋の真中に、沢本徹夫が座っていた。

「キャッ!」

思わず、有利は声を上げていた。

「——どうかした?」

階段の途中から、原田百合が聞いて来る。

「いえ、何でもないの！　大丈夫！」

と、急いで答えて、ドアを閉める。

無視するつもりだったが、やっぱりそうもいかない。

「どういうつもりよ！」

と、にらんで、「ちっとは、人の迷惑も考えてよね」

「いや、昼間は失礼」

と、沢本は頭をかいて、「おどかすつもりじゃなかったんだけどね。人の声がしたんで、つい——」

「おかげで気絶しちゃったじゃないの」

「知ってます」

「見てたの？」

「いや……。後で、売場の人が話してた」

沢本は至ってのんびりとしゃべっている。有利は、畳に座ると、

「あなた……お化け？」

と、聞いた。

正面切って聞くのは、妙な気分だった。

「お化け、というより幽霊と呼んでほしい」

と、沢本は言った。

「同じことじゃないの」

と、有利は言った。「お茶でもお出ししましょうか？」

「結構。こうなると、お腹も空かないんで、寂しいもんですよ」

「あなた、自分で寂しいからって、私のことをからかいに来てるわけ？」

「そうじゃありませんよ」

沢本は、少し改まった口調になって、「あなたにお願いがあって来たんです」

「こっちもお願いがあるんですけどね」

と、有利は言った。「人間は服を着がえなきゃいけないの。その間、消えててくれる？」

「ああ、こりゃ失礼」

「消えてても覗《のぞ》ける、とか？」

「そんなことしませんよ。これでも紳士なんですから」

沢本は、心外という口調で言った。

「じゃ、しばらく消えてて」

「はあ」

と言うなり、沢本の姿はパッと見えなくなった。

もちろん、有利も今度は気絶しなかった。

着がえをして、ありあわせのおかずで夕ご飯の支度をしていると、沢本が、

「――もういいですか」

と、現われた。「やあ、おいしそうだな」

「食事しないんでしょ？」

「ええ、どうぞ食べて下さい」

有利は遠慮なく食べ始めた。

「――それにしても、どうして私の所へ出て来たのよ」

と、文句を言うと、

「いや、僕を見る能力のある人は、決して多くないんです。やっとあなたを見付けたんですよ」

「私、超能力なんか持ってないわよ」

「そういうものじゃないんです。――たぶん、人間には固有の周波数みたいなものがあって、たまたまそれがピタッと合わないと、見ることができないんですよ」

「ラジオみたいね」

「僕とあなたが、たまたま合っていた、というわけです」

「僕としては、他の人を探すのは大変なんです。ぜひあなたの力をお借りしたくて」

「私はただのＯＬですよ。何ができるっていうの？」

「あなたにとっては迷惑なことだと思います」

と、沢本は言った。「しかし、このままじゃ、僕も死ぬに死ねない」

幽霊にしちゃ妙なセリフだ。

「何の話？」

沢本は、真剣な目つきで有利を見つめると、言った。

「僕を殺した犯人を見付けてほしいんです」

ちょうど、ご飯を一口、口へ放り込んだところだった有利は、びっくりして、

「ウッ！」

と、喉を詰らせ、目を白黒させた。

あわててお茶をガブ飲みし、やっと落ちつくと、

「あのね……びっくりさせないでよ！」

と、ハアハア息をついた。

「すみません」

と、沢本は頭をかいて、「どうも、あなたを驚かせてばかりいるようだな」

「それで？」

ま、幽霊が相手じゃ、びっくりする方が当り前かもしれない。

「でも……あんた、殺されたの？」

「そうなんです。全く可哀そうですよ、こんないい人間が」

自分で言うのも、少々図々しいようだ。

「でも、あんた、殺された当人なんでしょ？　それなら、犯人が誰かってことぐらい、当然分るんじゃないの？」

そう、正に論理的な意見である。有利は我ながら感心した。

「普通ならね」

と、沢本が肯く。「しかし、僕の場合は残念ながら、そうはいかなかったんです。眠ってるときに、いきなりやられて。犯人の顔を見てないんですよ」

「ふーん。そのスタイルで眠ってたわけ？」

「詳しいことは、追ってご説明します。ともかく、頼みを聞いていただけますか？」

「せっかくですけど」

と、有利は言った。「私、お断りします」

沢本は渋い顔になって、

「そう言わないで……。まあ、謝礼をさし上げるってわけにはいきませんが、ここは人助け――いや、幽霊助けだと思って。ボランティア活動ってことで」

「あのね」

と、残ったご飯にお茶をかけて、「――あんたが殺されたのには、それなりの理由があったんでしょ。私はあんたがどんな人間だったか知らないし、それに殺人犯を探してる内に、私だって危い目にあうかもしれないじゃないの。TVの二時間ドラマでよくあるわ、そういうのが」

「まあ、確かに、ないとは言えません」

「それで私まで殺されちゃったりしたら、どうしてくれるわけ?」

「そうですね……」

と、沢本は少し考えて、「ご冥福《めいふく》をお祈りします」

「とっとと出てって!」

と、有利は怒鳴った。

そこへ――ドアをトントンと叩く音。

「あ、はいはい」

と、急いで玄関へ出ると、原田百合が、面食らったような顔で立っている。

「伊原さん、今――誰かに怒鳴ってた?」

と、原田百合は訊《き》いた。

しまった、と有利は思った。

つい、沢本相手に、大声を出してしまった。人が聞いたら、妙に思うだろう。

全く、もう！　あんたのせいで、とんだ迷惑だわ。有利は涼しい顔で座っている沢本の方を、ジロッとにらんでやった。

「ごめんなさい。何でもないの。ちょっとその——うたた寝をしてたみたい」

「そう……。でも『出てって』とか、聞こえたけど」

と、原田百合が言った。

「夢でね。野良犬が入りこんでて、それに怒鳴ったの。ま、大きな寝言みたいなもんね」

かなり苦しい説明である。

「凄《すご》くはっきりした寝言ね」

と、原田百合は感心した様子。「じゃ、ごめんなさい。ちょっと通りかかって、耳に入ったもんだから」

「ごめんなさい、どうも」

じゃ、おやすみなさい、と原田百合が行ってしまうと、有利はドアを閉めてホッとした。

「もうじきおめでたですね」

と、沢本が言った。「なかなか可愛い奥さんだ」

「そうでしょ？　原田百合さんっていうの。同じ〈ゆり〉でも、あっちは花の〈百合〉。わたしは銀行の宣伝みたいな〈有利〉」

沢本はふき出した。

「何がおかしいのよ」

有利は座って、お茶をもう一杯注いだ。

「変な噂《うわさ》でも立てられると、こっちも困るわよ」

「お茶、よく飲みますね」

と、沢本が言った。

「悪い？」

「いや……。『彼女』もお茶をよく飲んだんで。思い出したんです」

「『彼女』って……恋人？」

「婚約者でした。今はどうしているか……」

沢本は、少し考えている風だったが、「――有利さん」

と、改まった口調で言った。

「何よ」

「確かに犯人捜しまでお願いするのは、無理かと思います。ただ、一つだけ、頼みを聞いてくれませんか」

「何を?」

「僕の婚約者だった女性に、会ってほしいんです」

「私が?　どうして、私が。——あんた、彼女の所へ出ればいいでしょ」

「向うは僕のことが見えません。それに僕は、あなたみたいに、周波数の合う人のそばにしか出られないんです。あなたを手がかりにして出て来る、ってわけです」

「ふーん。でも……」

「お願いします」

と、幽霊が頭を下げて頼んでいるところは、何となく哀れだった。

幽霊に何を頼まれたって、引き受けなきゃならない義理は、有利の方にはない。

しかし、そこが有利の人の好さであろう。むげに断るのも可哀そう、という気になって来て、

「——分ったわ」

と、言ってしまった。「じゃ、その婚約者に会うだけよ」

「ありがとう!」

沢本はホッと息をついた。「いや、会いたかったんです。——どうしてるかなあ」

「あんた……死んでから、どれくらいたつの?」

「そろそろ——一年半くらいですね」

沢本の話を、結局、有利はじっくり聞くはめになった。まあ、下手なTVドラマを見るより面白いだろう。何しろ「幽霊の身上話」なんて、滅多に聞けない。

沢本は、会社の社内報とか宣伝用のパンフレット、PR誌などの編集を請け負っていた出版プロダクションに勤めていたという。

「その名前、聞いたことがある」

と、有利が言った。

「ええ、おたくのデパートの仕事もしてましたからね。そう沢山じゃありませんでしたが」

と、沢本が肯いた。

「ふーん。それがどうして殺されちゃったわけ？」

「僕にも思い当ることはないんです。特別人に恨まれることをした覚えもないし」

「女でも振ったんじゃないの？」

「僕は、浮気なタイプじゃありません。死ぬまでの二年近く、彼女以外の女性とは、まるで付合いもなかったし」

「婚約者だった、って人ね」

「ええ。──山野辺良子《やまのべりょうこ》といいます。プロダクションの事務に、アルバイトで来ていたんです。女子大を出て、就職する気はなかったらしいんですが、見合いした相手が、海外へ二、三年行くことになって、時間があるっていうので、アルバイトに――」

「ちょっと待って。じゃ、その……良子さんには、結婚する相手がいたの？」

「一応、付合ってはいたようです。でも当人は、どうでもいいって感じで……。とも
かくお嬢さん育ちで、世間知らずなんですよ」

沢本の顔に、つい懐しげな笑みが浮かぶ。

「その相手から、あんた良子さんを奪ったわけね」

「まあ――結果的には、そういうことになりますか」

「悪い奴だ」

と言って、有利は笑った。

――何となく、有利はこの沢本という男が気に入り始めていた。

世間知らず、という点じゃ、この沢本だって、お人好しのお坊ちゃんだったろう。

善良さゆえに憎まれる。そんなことは、世の中にいくらでもあるのだ。

4　可愛い天使

「この辺？」

と、有利は言った。

「そうです。確か、その角を右へ曲るんだと思いました」

沢本徹夫は、ちょうど車が曲って行く角の方を指さした。

「結構歩くのね。近いって言ったじゃない」

「すみません。何しろ死んじゃったときに、記憶も少しぼやけてしまって」

――もちろん、幽霊である沢本の声は、有利以外の人間には聞こえていないのである。

デパートがお休みの水曜日、有利は出かけて来た。沢本との約束通り、彼の婚約者だった、山野辺良子という女性に会いに来たのである。

「そうそう。――あの白い家です。懐しいなあ」

沢本が、ため息をつく。

有利はチラッと沢本を見た。

よく晴れた、爽《さわ》やかな午後である。こういう所に、幽霊は何だか似合わないようだ。

「――ね、あんた、分ってる？」

と、有利は言った。

「何です？」

「あんたの彼女が、まだこの家にいるとは限らないってこと」

沢本は、ちょっと複雑な表情になると、

「分ってます」

と、肯いた。「もし、彼女が——他にいい男性を見付けて、結婚したのなら、それはそれでいいんです」

なかなか殊勝じゃないの。——ま、彼女としても、恋人が死んで一年半も泣き続けるわけにゃいかないんだからね。

有利は、その立派な門構えを前にして、少々ひるんだが、思い切ってチャイムを鳴らした。

「留守かもよ」

と言ったとたん、

「はい」

と、返事があった。

やれやれ……。有利は、ちょっと咳払《せきばら》いをすると、

「あの、山野辺良子さん、おいでてでしょうか？」

と、インタホンに向って言った。

少し間があって、

「娘に何かご用でしょうか？」

「実は、沢本徹夫さんのことで、ちょっとお話が」

また、少し間が空いたが、

「どうぞ」

という声と共に、門扉が電動で静かに開いた。

敷石のある前庭を抜けて、玄関まで行くと、ドアが開いて、少し髪の白くなった上品な婦人が、姿を見せた。

「彼女のお母さんです」

と、沢本が注釈する。

「どちら様でしょう、失礼ですけど」

と、山野辺良子の母親は言った。

「はあ、私、こういう者で」

有利は自分の名刺を出した。めったに使うことのない名刺である。

「Nデパートの方ですか」

「私どものパンフレットを、沢本さんが作っておられたので。あの——良子さん、ご在宅ですか」

母親は、ちょっと困った様子で、

「良子は——今、家におりませんの」

と、言った。

単に出かけている、という言い方ではない。

「あの……それじゃ、どちらに？」

と、有利が訊くと、

「さあ……。あの、伊原さん、とおっしゃるんですね。沢本さんのことで、というのはどんなことでしょう？」

「ええ、沢本さんが亡くなられてもう大分になりますけど、私どもの所に、沢本さんの持物がいくつか残っていまして、どうしようかと思ったんですけど、確か、こちらのお嬢さんと婚約されていたとうかがっていたものですから、こちらへお持ちするのが一番いいか、ということになりまして」

かなりいい加減な話だが、他に、いいアイデアが浮かばなかったのである。

どうせ会うための口実なのだ。

「まあ、そうですか」

母親は当惑している様子で、「あの――大変申し訳ないんですけど、娘は――」

そこへ、

「誰だ？」

と、大きな声がして、奥から不機嫌そうな顔の男が出て来た。

「彼女の父親です」

沢本の注釈がなくても、すぐに分る。

「あなた――」

「何の用だ？」

「良子に会いにみえたの。沢本さんのことで……」

「良子だと？　あんな奴はうちの娘じゃない！」

と、父親は、腹立たしげに言った。「帰ってくれ！」

「あの――」

有利はすっかり面食らってしまった。

「用はない。さあ、引きとってくれ」

まるで押し売りを追い返すみたいに、父親は塩でもまきそうな剣幕だった。

「――ああ、びっくりした」

と、門から外へ出て、有利は言った。「ちょっと！　どうなってんのよ？　私が何であんな扱いを受けなきゃいけないわけ？」

「僕にもさっぱりです」

と、沢本は首を振って、「一体何があったんだろう？」

「いずれにしても、あんた、大して好かれちゃいなかったみたいね」

有利と沢本の二人（というのかどうか）が、首をかしげつつ、来た道を戻って行く

と、

「あの、ちょっと……」

と、声がして、カタカタとサンダルの音が追って来た。

山野辺良子の母親である。

「あの――失礼しました。びっくりなさったでしょう」

「良子さん、どうなさったんですか？」

「ゆっくりお話ししてられないんです」

と、母親は言った。「台所から、こっそり出て来たものですからね。主人に見付かると……。これ、良子の今の住いです」

と、メモを有利の手に押しつけるようにして、

「じゃ、これで」

と、また小走りに戻って行く。

「何だかいわくありげね」

と、有利は言った。「――ともかく、彼女の住んでいる所は分った、と」

「行ってみましょう」

沢本は、有利をせかせた。

「ちょっと待ってよ。こっちは人間でしてね。お腹も空くの」

「あ、すみません」

と恐縮する幽霊を見て、有利はつい笑ってしまった。

「いいわ。ともかく、ここへ行ってみましょ。でも、結構遠いわよ」

と、メモの住所を見る。

結局、電車を乗り継いだりして、メモの住所辺りまで、二時間近くかかってしまった。

しかも、住所だけで捜すというのは、容易ではない。有利は勘のいい方だが、それでも目的の場所を見つけるのに、二十分もかかった。

「──ここ？」

有利は思わずメモを見直した。〈Sコーポラス〉とある。名前からすりゃマンションみたいだが、現実は相当くたびれた安アパート。

「二階の二〇二よ。行ってみる？」

「ええ」

沢本も、目を疑っている様子だ。

下に並んだ郵便受にも、〈二〇二〉の扉に、〈山野辺〉の名がある。

「どうして、こんな所に住んでるんだろう？」

「じゃ、行ってみましょう」

階段を上りかけると、いきなり沢本が有利の腕をつかんだ。

「何よ?」

「彼女です」

二階でドアの閉る音がして、コツコツと靴音が。そして、彼女が階段を下りて来た。

だが、山野辺良子は一人じゃなかった。

といって、恋人と二人だったわけでなく、一歳くらいの赤ん坊を抱いて、下りて来たのである。

山野辺良子は美人だった。

有利としては、認めるのに少々ためらいがないわけではなかったが、やはり事実は事実だ。

それに、赤ん坊を抱いた姿は、なかなか見た目にも美しいものではあった……。

「あら、もうお出かけ?」

と、有利たちの背後で声がして、振り返ると、でっぷり太ったおばさんが、スーパーの袋を下げてやって来たところだった。

もちろん有利に話しかけたわけではない。

「今日は」

と、山野辺良子は、そのおばさんに微笑んで会釈すると、「今日は早番なんです」

「ご苦労さま。——どう、アイちゃんの風邪の方は?」

「ええ、ゆうべはなかなか寝つかなくて困りました。でも、今は少し楽みたい」

「大変ね、あんたも」

そのおばさんは、良子の腕に抱かれている赤ん坊へ、ちょいと指を出した。赤ん坊は、人なつっこく笑って、おばさんの太い指をギュッと握りしめた。

「あら、凄い力だ。将来はいい男でも握りしめんのよ」

と、おばさんは笑って、「じゃ、行ってらっしゃい」

「はい、どうも」

良子は、チラッと有利の方へ目をやったが、すぐそのままアパートを後に歩いて行った……。

「――何かご用?」

有利は、そのおばさんに訊かれて、やっと我に返った。

「あ、いえ――。どうも、今日は」

「はあ?」

「あの……今の人、山野辺良子さんですか」

「そうですよ。――あんたは?」

と、うさんくさそうに有利を見る。

「あ、ちょっとその——縁ある者で」

妙な言い方だが、仕方ない。こんなときの言いわけまで考えちゃいなかったのである。

「彼女の後をついて行ってみましょう！」

と、突然、沢本が言った。

「え？　だって——ちょっと待ってよ」

と、有利はあわてて言ったが……。

「は？」

おばさんはキョトンとして、有利が「誰もいない」空間に向ってしゃべっているのを眺めていた。

「いえ——あの、ひとり言です」

と、有利は言った。「良子さん、赤ちゃんと二人で？　あの……父親は？」

「そんなこと、あんたと何の関係があるのよ？」

おばさん、ますます「怪しい奴！」って感じで、有利のことをにらんでいる。

すると、沢本がさっさとアパートから出て行ってしまったのである。

有利は焦って、

「ちょっと待って——あ、失礼します。どうも」

と、太ったおばさんにピョコンと頭を下げると、あわてて沢本の後を追う。

「何だろね」

と、おばさんは首をかしげて、「変なのが多いわね、最近は。用心しなきゃ」

と、呟くと、よっこらしょと階段を上って行ったのだった……。

——有利の方は、何とか沢本に追いつくと、

「ちょっと！　勝手な真似しないでよ！」

と、ハアハア息を切らして、「人としゃべってるときに、何だかんだ言わないでよ！　つい返事しちゃうじゃないの！」

しかし、沢本は有利の声など耳に入っていない様子で、やっと目の前に山野辺良子の後ろ姿が見えると、ホッとした様子で、足どりをゆるめた。

「どうなってるのよ？」

と、有利は言った。

「——僕の子供です」

「ええ？」

「あの赤ん坊、僕の子供です」

そうか。——もう一歳近いということは……。

「じゃ、あんたが死んだとき、彼女、妊娠中だったの？」

「そう聞いてはいませんでした。でも、殺される日の二、三日前に、彼女が言ってたんです。『大切な話があるの』と。——結局、何のことなのか、聞かずに死んじまったんですが」

まあ、確かに時間的に言っても、その可能性は高い。

「なるほどね」

と、有利は肯いた。「あの親父さんが怒ってたのは、このことか」

「え？」

「鈍いわねえ。娘の恋人が死ぬ。ところが娘は赤ちゃんがお腹にいて、産むと言い張ってる。——父親が怒って『そんな奴は俺の娘じゃない！　出てけ！』ってわけよ」

「可哀そうに……」

沢本はグスンと涙ぐんでいる。

「おセンチね。——あのね、一人で赤ちゃん産んで育ててる彼女の方は、そんなセンチメンタルなこと言っちゃいらんないわよ」

「そうですね。しかし……」

「確かにあんたの子？」

有利が念を押すと、沢本はムッとした様子で、

「当り前ですよ！」

「分ったわよ。そんなおっかない顔しないで。お化けがおっかないのは当り前か」

少々冗談でも言ってやらなきゃ、かなわない。

「どこへ行くんだろう？」

「それが問題ね」

と、有利は言った。

「問題って？」

と、沢本が、前を歩いて行く山野辺良子の、赤ん坊を抱いた後ろ姿を見たまま、言った。

「たぶん、あの赤ちゃんを、どこか保育園へでも預けに行くんでしょ。そして仕事に出る。——さっき、今日は早番だって言ってたわ。今、何時だと思う？」

「知りません」

「あ、そう。——三時半よ。今から出勤して、早番」

「何の仕事をしてるんでしょうね」

「さあね。——気になる？」

「ええ」

確かに、有利も気になっている。

別に沢本のために、そこまでしてやる義理はないと思うのだが。

「——仕方ないわね。じゃ、後をつける？　私、こんなこと、したことないのよ」

「お願いしますよ」

沢本は拝むように手を合わせた。「あなたは本当にやさしい、女神のような人です」

有利はふき出してしまった。

——すれ違った人が、不思議そうに、一人で笑っている有利を見ていた。


「じゃ、よろしくお願いします」

と、山野辺良子が頭を下げる。

「はい、じゃ、アイちゃん、ママにバイバイしましょ」

体の大きな保母さんが、赤ん坊を軽々と抱き上げている。

良子は、

「じゃ、行ってくるわね」

と、小さく手を振って見せ、足早に歩いて行く。

「——大変ねえ、あんたの彼女も」

と、有利はその光景を見ていて、言った。

「そうですね」

「人ごとみたいに言って！　あんたのせいなのよ」

「分ってます」

と、沢本は首をすぼめた。

「さ、見失わないように、ついて行きましょ」

有利は、少し間隔をあけて良子について行った。

そろそろ夕方の気配。

良子は、私鉄で都心へと向った。

「――空いてていいわね、この時間」

と、有利は空いた座席に座ろうとしたが……。

大して混んではいない。しかし、空席もそうはないので、良子が、ちょっと車両の中を見回している。

「――ね、あなた」

と、有利は、少し離れた良子へ声をかけた。

「え？　私ですか？」

「そう。――ここ、座らない？」

と、有利は、目の前の空いた席を指さした。

良子が戸惑ったようにやって来る。

沢本はため息をついた。

5　仕事の問題

何しろ、沢本にとっては一年半ぶりに、そばで恋人を見ているのだ。ため息をつきたくもなるのだろう。

しかも、向うには沢本が見えないと来ている。それでまたため息。

「いちいち、ため息つくな」

と、有利は沢本の方へ素早く小声で言ってやった。

「あの――」

と、山野辺良子が不思議そうに、「おかけにならないんですか」

「私ならいいの」

と、有利は言った。「あなた、お疲れでしょ、赤ちゃん抱いてちゃ」

「え？」

「たまたま、さっき保育園に預けるのを見てたの。どうぞ、座って」

良子は微笑んだ。

「ご親切に……。じゃ、お言葉に甘えて」

「どうぞ、どうぞ、いくらでも甘えて」

た。

と、沢本が言ったので、有利は肘《ひじ》でお腹をつついてやった。「いてて……」

幽霊も、殴りゃ痛がるんだということを知って、有利は一つ勉強になった、と思った。

良子は、空いた席に腰をおろして、

「助かります。これから、立ちっ放しの仕事なので」

口調の細かなところにも、育ちの良さがうかがえる。——全く、何で「未婚の母」になって苦労してんだろうね。

「何の仕事か、早く訊いて下さい」

と、沢本がせっつく。

有利がまた肘鉄砲をくらわせようと構えると、沢本があわてて、

「いや、結構です！　お好きなようにやって下さい」

と、言った。

「私も立ちっ放しの仕事だわ」

と、有利は言った。「Nデパートの売場にいるの」

「Nデパートですか」

と、良子が有利を見上げる。

「ご存知でしょ」

「もちろん。ただ——知っている人が、ちょっとNデパートと関係のある仕事をしていて。でも、売場でいらっしゃるんでしょ？　じゃ、関係ないですね」

大ありよ、と有利は心の中で言った。

「でも、それだったら、お座りになればよろしいのに」

「いいの。今日はお休み」

「あ、そうですね。Nデパート、定休日でしたね」

「そう。水曜日ですからね」

良子の目が、ふと遠くを見る風情。

「——あの人とも、水曜日によく会いました」

「あの人？」

「赤ん坊の父親です」

良子は、そう言って、顔を赤らめた。

「そう。よく水曜日にデートしたね」

と、沢本も良子に合せて、思い出に耽《ふけ》っている。「火曜日の閉店間際に、安くなった食料品を買い込んで冷凍しておくのが得意でした……」

「あんたが？」

と、有利はつい沢本のセリフに耳をとられてしまう。

い。

「いや、彼女がです。とてもしっかりしてるんですよ」

幸い、良子は有利が「誰もいない空間」としゃべっているのに気付かなかったらし
い。

有利は、良子の方へ顔を戻して、

「彼とは……離婚したの？」

と、訊いた。

「いえ……。死んだんです。結婚する前に」

「まあ気の毒に」

有利は精一杯、同情の意を表す顔を作った。その死んだ「当人」と一緒なのだから、
ピンと来ない。

「じゃ、今は一人で育ててらっしゃるの？」

「はい。大変ですけど、自分で選んだ道ですから」

と、良子は潔い。

有利は、気に入った。グスグスいつまでも泣いているのは性に合わない。

「これから、ご出勤？」

と、有利は訊いた。

「そうなんです。今日は早番で」

「へえ。——ずいぶん遅い早番ね」

「夜の商売ですから」

と、良子は笑った。

「夜の商売！」

と、沢本が耳もとで大声を出したので、有利はびっくりして飛び上りそうになった。

「何をしているんだ、君は？　まさか——とんでもないことを——」

と、言いかける沢本の足を、有利はギュッと踏みつけてやった。

「痛い！」

沢本が踏まれた足をかかえ込み、片足でピョンピョン飛びはねるのを、有利は全く無視して、

「大変ね。体力がないと続かないでしょ」

と、言った。

「ええ。でも、もう大分慣れましたわ」

と、良子は言って、「あ、次で乗りかえるんです、私。——ありがとうございました」

「いいえ」

と、有利は入れ代りに座った。

成り行き上、そうしないとおかしい。

「じゃ、失礼します」

と、良子は会釈して、扉の前に立った。

電車がホームへ滑り込む。沢本がやっとこ戻って来て、

「どうするんです！　彼女が降りちまう」

と、わめいた。

「落ちつきなさい」

と、有利は小声で言った。「おかしいでしょ、座ってなきゃ」

「そんなこと言ったって――。〈夜の商売〉だなんて！　可哀そうに。僕の子供のために身を売って生活してるんだ！」

「落ちつけってば！」

と、有利はにらんだ。

電車が停り、扉が開くと、良子はもう一度有利の方へ会釈して、降りて行った。

ホームを足早に歩いて行く。ベルが鳴って――。

「降りるわよ！」

有利は飛び出した。扉が閉る寸前、二人はホームへ出ることができた。

「――危うく挟まれるところだった」

「仕方ないでしょ。——さ、良子さんの後を尾《つ》けるのよ」

と、有利はさっさと歩き出した。

「どこへ行くんだろう？」

「私が知ってるわけないでしょ」

有利は、良子がオフィス街の地下道を歩いていくのを、ずっと尾けて行った。

「バーとかキャバレーはこの辺にないわね」

「オフィスばっかりですよ、この辺は」

と、沢本は肯いて、「仕事でよくこの近くに来ましたから」

「しっ！」

有利は足を止めた。

地下道の途中で、良子が足を止め、中年の紳士と話し込んでいる。

「やっぱりそうだ」

「何が！」

「彼女はあの男と……。ほら、男が金を出してますよ」

その紳士はポケットから——メモらしいものを取り出した。良子はそれを見て、少し先の方を指さして、何やら説明している。

紳士は礼を言って、歩いて行った。

「道を訊いただけよ」

と、有利は言った。「あんたも早とちりの口ね。ま、私も人のことは言えないけど」

有利は、再び良子の後を尾けて行った。地下道は結構人通りがあり、見られる心配はない。


「あ、ビルへ入りましたよ」

「何のビル？」

「雑居ビルってやつです。急がないと、どこへ入ったか分らなくなる！」

「待ちなさい！」

と、有利は言って、沢本の手をつかんだ。「気持は分るけど、まさか同じエレベーターに乗って、『あら偶然ですね』ってわけにゃいかないでしょ」

「じゃあ……」

「落ちついて。ともかく行ってみましょ」

ビルへ入って行くと、奥のエレベーターが閉まるところで、確かに中に良子が乗っているのが見えた。

「どうするんです？」

と、沢本が恨みがましい目で有利を見つめる。

幽霊が恨みがましいのは、そう不思議でもないが、有利としては不本意である。

「仕方ないでしょ。ともかく、このビルの中に〈夜の商売〉をやってそうな会社があるかどうか」

——山野辺良子が入って行った雑居ビルは、どう見てもごく普通のオフィスばかりが入っているようだ。良子の言った「夜の商売」というのは、何のことだろう？

「一つずつ、オフィスを訪ねて回りましょう」

と、沢本が言い出した。

「あんた、行きなさいよ。私はいやよ。おかしいでしょ、もし会えたとしても。何て説明するの？　あんたなら見えないんだから、捜して来られるじゃないの」

「だめです。僕は、あなたから遠く離れてはいられないんですよ、この世界に」

有利はため息をついて、

「不便ね、全く」

と言った。「ともかく、どんな会社が入っているのか、見てみましょ」

人が忙しく出入りしているので、沢本としゃべるのも小声でなくてはならない。

エレベーターの手前の壁に、このビルに入っている企業のプレートがズラッと並んでいた。

「——会社の名前見ただけじゃ、何してるとこか、見当つかないわね」

と、有利は言った。

「でも、このどこかに彼女が勤めているのは確かです」

と、沢本はしっかり肯いて、「ここは一つ、腹を据えてかかりましょう」

「何にかかるの？」

「当然、彼女は仕事が終れば帰るわけでしょう。ですから、ここで帰るのを待つんです」

「あんたね――」

有利は呆れて、「何時になるか分んないのよ。ここでボーッと突っ立ってるの？」

「何なら体操でもするとか」

有利は、沢本をけとばしてやろうかと思ったが、何といっても人目というものがある。うら若き女性が一人で宙をけっている、という光景は、あまり当り前には見えないだろう……。

「分ったわ。ともかく、少し様子を見ましょう。このビルの中で〈夜の商売〉ってのもおかしいから、どこか外へ出るんでしょ。だから、それを見張ってるしかないわ」

有利としては精一杯の譲歩である。

こんな幽霊のために、どうしてそこまでしてやらなきゃならないんだろう？　有利は、我ながら呆れたが、一方では良子のことが気になってもいた。損な性分である。

どこで山野辺良子が出て来るのを待つか。

それも難しい問題である。ビルというものは、有利のアパートなんかと違って、出入口がいくつもある。

一つで待っていたら、他から出てっちまうかもしれない。といって、有利一人で地下道の出入口、一階の玄関、同時に見張っちゃいられない。

「じゃ、こうしましょう」

大体、沢本はろくな提案をしない。「今夜は、この地下の出入口。それでだめなら、明日の夜、一階の玄関。それもだめなら、あさって――」

「そんなに何日も付合えないわよ」

と、有利は言った。「こっちは人間なんですからね」

「はあ……」

と、沢本も頭をかいて、「いや、どうも。あなたが幽霊の仲間みたいに思えてしょうがないんです」

「お世辞のつもり？」

有利たちがもめていると、エレベーターの扉が開いて、人が降りて来た。チラッと目をやると、下の駐車場へ行くらしい、ガードマンの制服の二人組が目に入った。

そういえば、警備会社が一つ入ってたわ、と有利は思った。でも――え？

「見て」

と、有利は言った。

「何です?」

「エレベーターに……」

扉が閉じて、エレベーターは駐車場へと降りて行く。

「今、乗ってたのはガードマンだけですよ」

と、沢本は言った。

「分ってるわよ。でも……一人はそっくりだったわよ、良子さんに」

「まさか、いくら何でも」

と、沢本が笑う。

「だけど、〈立ちっ放し〉の〈夜の商売〉には違いないわ」

有利と沢本は顔を見合わせたのだった。

「行ってみましょ」

と、有利はビルの階段を足早に上って行く。

「ちょっと! 今、エレベーターは下りて行ったんですよ」

と、沢本があわてて追いかけて来る。

「あんたも見かけほど頭が回らないのね。駐車場へ行ったのよ、今の二人。当然車で出かけるわけでしょ。車で地下鉄にでも乗ると思ってんの?」

「あ、そうか」

「車が出て来るのを見届けるのよ」

二人はビルの一階からロビーを抜けて外へ出ると、左右を見回した。

「あの車だ」

と、沢本が言った。

駐車場から、斜面を上って、パトカーに似せた感じの車が出て来た。

車体には、もちろんでかでかと警備会社のマークが入り、社名も金文字で書かれている。

その車は、車道へ出ると、有利と沢本の目の前を横切って行った。助手席に座って無線のマイクを握っているのは、確かに山野辺良子である！

男性と全く同じ制服を着込み、帽子もかぶっているが、良子であることは間違いない。

「——びっくりした！」

と、有利は目をパチクリさせて、「あんたの彼女、ガードマンやってるんだわ」

沢本の方は、もっと啞然としている様子だ。

「あの良子が……。どうしてあんな仕事をしてるんです？」

「私が知ってるわけないでしょ」

有利が苦笑して、「ともかく、これで心配する必要はなくなったわね」

「でも……。良子にガードマンなんか、つとまるのかな」

「現に勤めてるじゃないの」

と、有利は言って、「さあ、これで私の役目もおしまいね。ちゃんと、あんたの彼女のことも調べてやったわよ」

「分ってます」

と、沢本は、少し寂しそうに、「でも……やっぱり、あなたしかいないんです。お願いできるのは」

「何を？——あのね、私は仕事のある身なの。分る？　あんたと係り合ってて、クビにでもなったらどうしてくれるのよ」

「亡くなったとき、お迎えに来ます」

「結構よ。——さ、もう気がすんだでしょ。消えてちょうだい」

沢本はため息をつくと、

「分りました」

と、肯いた。「約束ですからね」

「そうよ、人間、約束を守らなくちゃ」

「僕は幽霊です」

「あ、そうか」

「――色々、ありがとうございました」

沢本は頭を下げて――スッと見えなくなった。

「やれやれ、だわ」

これでさっぱりした。もちろん、有利としても、沢本に同情はしている。しかし、だからといって、いつまでも幽霊のお付合いはできない。

やっと一人になれた気楽さで、有利は、どこへというあてもなく、歩き出した。あいつのおかげで休みの日、一日、潰《つぶ》してしまったんだ。これから、どこかへ出かけようかしら……。

時計を見ながら、有利は、しかし、沢本の頼みを聞いてやったことを、少しも後悔してはいなかったのである。

6　亡き恋人へ

「オス、有利」

ポンと肩を叩かれて、振り向くと、鈴木晶子である。

「やあ。これからお昼?」

と、有利は訊いた。

デパートの昼休みは三交替。有利は、ちょうど休憩室から出て来たところだった。

「今、食べて来たの。これから一服よ」

と、晶子は言って、「ねえねえ、有利」

「何よ。――何、秘密めかして？」

晶子は、有利をズラッと並んだタバコの自動販売機のわきへ引張って行ったのである。

「最近はどうなの？」

と、いきなり訊かれたって、何のことやら。

「何よ、だしぬけに」

「このところ、割と元気そうだしさ。前みたいに幻を見たりすること、なくなった？」

「ご心配いただいて」

と、有利は笑って言った。

幻じゃなくて、幽霊ならね、と言いたいところだが。――いや、沢本に頼まれて、あの山野辺良子の所へ行ってから、もう十日ほどたつ。

その間、沢本は一度も有利のそばに現われていなかった。

妙なもので、出て来ないとなると、たまにゃ顔ぐらい出しゃいいのに、なんて思ったりもするのだが……。まあ、それほど会いたいわけじゃなかった。

「それならいいの。でもさ、有利」

「何よ」

「今度は悪いこととか、やってない？　身に覚えがあったら、早く逃げた方がいいと思うわよ」

「それ、どういう意味？」

「あのね、さっき婦人服売場に女がやって来たの」

「そりゃ当然でしょ」

「そうじゃないの！　似顔絵を持ってるのよ、あんたの」

「似顔絵？」

「そう！『こういう女の方を捜してるんですけど』って。――あんた、人の彼氏に手出したんじゃない？　知らないわよ、刃物で切りつけられたって」

「待ってよ」

と、有利は急いで言った。「その似顔絵って、確かに私なの？」

「私にはそう思えたの。ま、そんなにそっくりってわけじゃないけど」

「じゃ、全然別の人でしょ。私、指名手配される覚えなんて、ないもん」

「ならいいけどさ。――ご忠告まで」

「ご親切に」

と、有利は言って、晶子と別れた。

似顔絵？――えらくまたクラシックなことやってる人がいるもんだわ。

有利は、紳士服売場へと戻って行った。

このところ〈セール〉〈セール〉で忙しいのである。

デパートってのは、いつでも何か〈××記念〉という口実を見付けて来る天才をかかえているらしい。ともかく、いつでも何か〈特別セール〉ってやつをやっているのである。

「――いらっしゃいませ」

売場へ戻って、ソファに女性の後ろ姿が見えたので、有利は反射的にそう言ってい
た。

その女性が振り向いて――立ち上ると、

「あ、やっぱり……」

有利は、びっくりした。山野辺良子ではないか！

「あなた……」

「お忘れでしょうけど、この前、電車で席を譲っていただいた者です」

と、良子は、深々と頭を下げた。

「は……。ああ、そんなことも——あったっけね」

と、有利は何とか笑顔を作った。「じゃあ——あなた？　似顔絵を持って歩いてた人って」

「はい。すみません、妙なことして」

と、良子は、あまり申しわけなさそうに聞こえない口調で言った。

「そんなこといいけど——」

「どうしてもお目にかかりたくて」

と、良子は言うと、フーッと息をついた。「このデパートの中、ずいぶん歩き回りました」

そりゃそうだろう。有利はデパートの名前しか教えていないのだ。

良子は顔を赤くして、少し汗をかいているようだったが、その様子は、女の有利が見ても、「可愛い」ものだった。

「でも、よく分ったわね」

「この売場の方が、絵を見て、たぶんあなただろう、とおっしゃって」

「そう。——あの、私もね、ちょっと忙しくて……」

「はい、お待ちしてます。今日はお休みなので、時間ありますから」

「でも——どうして私に？」

「あの……とても図々しいお願いなんですけど」

と、良子は少し目を伏せて、「ぜひ、あなたのお力を借りたいんです」

「はあ……」

沢本といい、良子といい、何で「私に」頼って来るわけ？

有利は、それどころじゃないのよ、と追い返しても良かったのだが、そこは、沢本とあれだけ付合った人の好さ。

「あのね」

「はい」

「私の似顔絵っていうの、見せてくれる？」

と有利が言うと、良子は、バッグから折りたたんだ紙をとり出して、差し出した。

有利は、山野辺良子の描いた「似顔絵」を、まじまじと眺めた。

「上手なのね、絵が」

と、正直にびっくりする。

「昔、美術学校へ通ったことがあって」

——確かに、有利の顔だと分るくらいには似ている。

しかし、この前、電車の中で会っているだけなのだ。よく、これだけ描けるもんだ、と有利は感心した。

「そんなにお手間はとらせません。何でしたら、お仕事が終るまで、待っていますから」

「そう……」

と、良子が言った。

有利は、ため息をついて、「のりかかった船か」

「え？」

「いえ、何でもないの」

有利は絵を良子へ返して、「実物より美人にかいてあるから、話ぐらいなら聞いてあげる」

と、言った。

「ありがとうございます！」

良子はニッコリ笑って、もう一度、深々と頭を下げた。

「ともかく、これから仕事なの。話は長くなるんでしょ？」

「ええ、多少は……」

「じゃ、終ってから、夕ご飯でも食べましょうよ。それまで、映画でも見てらっしゃい」

つい、余計なところに気をつかってしまうのも、沢本のことを考えると、この娘が

「けなげ」に思えるからだろう。

——一応、待ち合せの時間と場所を決めて、良子は、何度も礼を言って、立ち去った。

「やれやれだわ……」

一体何の話があるのか？

見当もつかないが、沢本と関係のあることなのは、事実だろう。

「ちょっと」

と、有利は呼んでみた。「せっかく彼女が会いに来たのよ。顔ぐらい出したら？」

しかし、沢本が現われる気配は、一向になかった。

昼寝でもしてんのかね。——幽霊にも、それなりに事情ってものがあるのかもしれないが……。

客がやって来て、有利は、

「いらっしゃいませ！」

と、パッと気持を切りかえたのだった。


——有利がデパートを出たのは、六時半を少し回っていた。良子との待ち合せには少し遅れそうだが、まあ大丈夫だろう。

急いで地下のショッピング街へと下りて行く有利は、何だか口笛なんか吹いているのだった。

山野辺良子は、ちゃんと待ち合せた店の奥のテーブルについていた。

「待った?」

と、有利は、向い合った席につく。

「いえ、ほんの二十分くらい前に来たばっかりです」

二十分じゃ、「ほんの」とも言えない。

「すみません、お忙しいところ」

「もう、その話はなし。こっちはちゃんと話を聞くって決めたんだから。——ね、何か食べない?　ここの定食、家庭的で結構いけるのよ」

「はい」

良子はホッとしたように、微笑んだ。

「——それで、話って?」

と、有利は訊いた。

「実は——少し前のことからお話ししなきゃいけないんですが……」

良子は、婚約者のことから話を始めた。もちろん沢本徹夫のことだ。

その辺の話は、沢本から聞いて分っているが、「知ってるからとばしてくれ」とも言えず、

「へえ」

とか、「――そうだったの」

と、あいづちを打たなくてはならなかった。

ま、有利は幽霊になってからの沢本しか知らないが、良子の話は、少々美化しすぎている感じだった。

むしろ、有利に言わせりゃ、こんな可愛くてけなげな娘、沢本にはもったいない……てなもんである。

「それで、赤ちゃんを一人で育ててるわけか。大変ね、あんたも」

「自分で、こうすると決めたんですから」

と、良子は潔い。「ただ、娘をかかえて働くとなると、どうしても、他のことができないんです。それで、何とか力を貸してくれる方がいないかと……」

「他のことって、何をするの?」

「沢本さんを殺した犯人を、見付けたいんです、私」

定食が来たが、すぐには手をつける気がしない。

沢本といい、この良子といい……。どうして「犯人探し」に、私の力を借りようとするの? 私は女探偵でも何でもないのよ!

「――ともかく、いただきましょ」

やっと気を取り直して、有利は割りばしをパリッと割った。「――ねえ良子さん。あなたの気持は分るけど……。警察ってものがあるんだし、この世には」

あの世にもあるのかしら？――ま、そんなことはどうでもいい。

「危いことに手を出さない方がいいんじゃない？　あなたにもしものことでもあったら、赤ちゃん、どうなるの？」

有利は別にお説教が好きなわけではないけれども、やはりそう言わずにはいられなかったのである。

山野辺良子は有利の話をちゃんと聞きながら、しっかり定食を食べていた。

「――もちろん、私も、よく考えました」

と、良子は、一口お茶を飲んでから言った。「でも、警察はもう諦めています。何かよほど新しい手がかりでもあればともかく、このままじゃ、迷宮入りになるのは目に見えているんです」

「そう。でもね――」

「私も、アイのことは心配です」

と、良子は肯いて、「ですから、万一、私が命を落とすようなことがあったら、代りに育てていただけますか」

有利は危うくひっくり返るところだった。

「ちょっと！　私、まだ独身なのよ」

「でも、有利さんには、母親のイメージがあります。とってもふところが大っきくて、あったかい感じで」

肝っ玉かあさんじゃあるまいし。——変な頼られ方をしたもんだわ、と有利は渋い顔で、ため息をついた。

「あなたが死んじゃうとか、そういう悪い事態を想像するのはやめましょ。犯人探しに協力した方が、まだまし」

「ありがとうございます」

と、良子は頭を下げた。

本当にもう……。何で私がこんなことまでしなきゃいけないんだ？

すると——表が騒がしくなった。

「泥棒！　誰か！」

と、金切り声が地下道に響いた。

良子がパッと席を立って、店を飛び出した。それを見た有利はびっくりして、自分もあわてて追いかけた。

ハンドバッグを引ったくったらしい、薄汚ない感じの男が、タタッと走って来る。とられた女性は、追いかけようとして転んでしまった。

大勢人は通っているが、ただポカンとして眺めているだけで……。

良子が、その男の前に立ちはだかった。

「どけ！」

と、男は駆けて来て――。

「危い！」

有利は、男の手に光るものを見て、思わず叫んでいた。

良子がサッと傍へ身をよけたと思うと――男の体はフワッと、まるで見えない糸で吊り上げられたみたいに浮かんで、次の瞬間、一回転して床に叩きつけられていたのである。

男は一声、

「ウーン」

と呻《うめ》いて、のびてしまった。

バッグが手から落ち、あの「光っている物」が、ガラガラと有利の足元へ転がって来た。――懐中電灯だった。

良子は、ハンドバッグを拾うと、やっと追いついた女性に渡してやって、ニッコリ笑ったのだった。

人が集まって来て、警官も駆けつけて来る。

しかし、そのときには、もう良子と有利は定食をせっせと食べていた。

「――びっくりした」

と、有利は言った。

あれなら、ガードマンも務まるわけだ。

「学生時代、合気道をやってて」

と、良子は少し照れくさそうである。「でもあんなにきれいに決るのは、珍しいんですよ」

これじゃ、沢本がもし結婚してたとしても、夫婦喧嘩《げんか》じゃ勝ち目はなかったろう。

「でも、あれなら、あなた一人でも犯人をやっつけられそうね」

「犯人が分れば、思いっ切り仕返ししてやります」

と、良子は力をこめて言った。

「問題は、犯人が誰か、ってことね」

「そうなんです。――本当に、電車で席を譲っていただいただけのことなのに、こんな無茶なお願いを聞いていただいて」

「私は何をすりゃいいの？」

と、有利は言った。

「あるクラブに入っていただきたいんです」

「クラブ？　テニスとか、スキーとか？」

「いいえ。会員制の高級クラブです。色んな特典はありますけど、基本的には社交クラブなんです」

「はあ……。でも、どうしてそんな所に？」

良子の言葉に、有利はキュッと身が引き締った。

「――仕事の関係で、彼はそのクラブへ出入りしていました。もちろん本人の収入ぐらいじゃ、とてもメンバーにはなれません」

そりゃそうでしょうね、と有利はそっと左右へ目をやりながら、思った。沢本は現われて来ない。

「そこで、色々あったんです。詳しいことは改めてお話ししますけど、彼はそこで飲んでいて、気分が悪くなり、個室のソファで横になっていました。そして、眠っている間に殺されたんです」

「何か、よほどの秘密があるわけ？」

「人を殺すというのは、よっぽどのことです。――うちの父が会員だったので、今も私は会員の家族として入れます。でも、会員で、私のことを知っている人も少なくありません。犯人を見付けるには、不便です」

「ちょっと待って。――じゃ、その会員の中に犯人がいる、ってわけ？」

だきたいんです」

「それを探っていただきたいんです」

「そう……。でも、私の収入くらいじゃ、とっても入会できないでしょ」

「そこはうまくやります。あなたには、大金持の未亡人という設定で、入会していただきたいんです」

有利は、良子の言葉に唖然《あぜん》としてしまった。

7 未亡人の問題

妻たる者、一度は「未亡人」になってみたい、と思うものらしい。

「それも、できるだけ若い内にね」

と、すでに結婚して子供が二人もいる、高校時代のクラスメイトは言ったものだ。

そんなもんかね、と有利は思いつつ――しかし、未亡人になるにはまず結婚してなきゃならないのだ、ということに気が付いたのだった……。

山野辺良子の話を聞いて唖然とした有利、

「だって私――まだ亭主がいないのよ」

と、当り前のことを言ってしまった。

「ええ、もちろん、『未亡人のふり』をしていただければいいんです」

そりゃ分ってるけど、やったこともないもののふりをしろ、って言われてもね……。

「大してむずかしいことじゃありませんわ。少し、こう物うげな表情をして、ちょっと色っぽさを強調して、その一方で一種の解放感を出して……。そうですね、時々、チラッと男性の方へ流し目でも送っていただけば、立派に未亡人に見えます」

「私、役者じゃないのよ」

役者だって、そんな「寂しそうで楽しそう」なんて難しい演技、簡単にはできないだろう。

「ええ。でも、私がぜひ伊原さんに手伝っていただこうと思ったのは、そのせいもあるんです」

と、良子が熱心に言った。

「そのせい？」

「伊原さんには、未亡人の雰囲気がそなわっているんです。どこかこう――哀愁がにじみ出ていますし、それでいて何ものにもとらわれない精神の自由さが感じられます。色っぽさも充分。いえ、普通の意味での、男性に媚《こ》びるような色っぽさじゃなくて、孤高の、一見男をはねつけそうな女っぽさです。でも、だからこそ男は伊原さんにひかれるんですわ」

この人、何かのセールスか、それとも新興宗教の信者集めでもやってたのかしら？

それにしても、「事実」の裏付けのない賞《ほ》め言葉である。有利としても、そう喜んじゃいられない。

「あなた、目、悪い、もしかして?」

「左右とも、一・二です」

「そう……」

「私、絵をやってきましたから、見る目は確かです。信じて下さい」

そう言われたってね……。

私が金持の未亡人?——冗談じゃないわよ。どこをどう押したって、そんなもの出て来やしない。

「それにね」

と、有利は言った。「金持の未亡人の格好をするには、それなりのお金もかかるわよ。どうするつもり?」

「ご心配いりません」

と、良子はニッコリ笑って請け合った。

良子は、お茶のお代りを頼むと、

「私、自分の貯金をずいぶん持ってるんですもの」

「貯金?」

「祖父が亡くなるとき、私にも遺産を遺してくれたんです。ですから、そのお金は私のものです」

「へえ。――じゃ、もっといい所に住めばいいのに」

「このときのために、とっておいたんです。すこしずつ使っていたら、お金なんて、アッという間に失くなってしまいますもの」

なかなか堅実な考え方ではある。有利は感心した。

同時に、ますます、あの沢本にゃもったいない、という気がして来る。

「そのお金で、伊原さんの入会金とか、会費を払います。それに着る物、身につける物も、一流品を揃《そろ》えなくちゃ」

良子はすっかり張り切っている。

「あのね……。ちょっと待ってよ。私だって考えさせてもらわないと」

と、有利はやっとの思いで口を挟んだ。

「あ、すみません。何かもう、てっきり引き受けていただいたつもりになってて」

と、良子は恐縮している。

面白い子だ。――こういうとき、有利は腹を立てるより、面白がってしまう。

「そうねえ……。でも私もね、お勤めがあるわけ。分るでしょ?」

「はい」

「その片手間にってわけにも――」

「クラブは夜しか開きませんから」

と、良子はアッサリと言った。「お仕事の時間には特に支障ないと思います」

「何でも考えてあるのね」

と、有利はため息をついた。

そして、しばらく考えた。ふと良子を見ると、じっと、ひたむきな眼差しがこっちを見ている。

――負けたね。

「いいわ。引き受けた」

と、有利は言った。「もう、お礼は言わないで。時間のむだ。それより、具体的にどうするか、話し合いましょう」

良子はじっと有利を見つめて……その目に涙が光ったが、ただコックリと肯《うなず》いて、

「はい！」

と、言っただけだった。

アパートへ帰った有利は、鏡の前に立って、しばらく右を向いたり左を向いたりしていたが、やがて首を振って、

「どう見たって金持ちの未亡人にゃ見えないわよね」

そして、周囲を見回して、「あんたもそう思うでしょ？」

と、見えない幽霊、沢本へと呼びかけた。

有利は、風呂につかりながら、やれやれ、とんでもないことになっちゃったもんだわ、と考えていた。

犯人探しか。——TVや小説じゃ、よくある話だけど、ああいうものの場合は、ちゃんと都合良く、ヒロインは死なないことになっている。

そして、たいてい素敵な二枚目の男と出会うのだ。——ヒロインが悪党（古いね）に捕えられて、あわや、というとき、その二枚目が駆けつけて、ヒロインを助け出す。

かくて悪は滅び、ヒロインは逞《たくま》しい男の胸に抱かれて、めでたしめでたし……。

こういうのって古いのかね。最近は女性の方が大分強くなっている。

あの、かよわく見える山野辺良子だって、合気道の達人だ。——自分は？

有利は考えてみた。

まあ、気は強いが、それだけじゃ、役に立つまい。少し空手でもやっとくんだったわね。

有利は、バスタブの中で、

「エイッ！　ヤッ！」

と、手や足を伸ばしたりして、バシャバシャやっている内、足を滑らせて頭までお湯につかってしまい、お風呂で空手の練習はしないことにした。

——沢本徹夫は、ある企業のPR用パンフレットを作るために、そこの重役が通いつめているその高級会員制クラブへ、何度か出入りしていたらしい。

そして良子には、デートのときなど、

「何しろ、向うはいつも『彼女』を連れてるんだ。仕事の話をしてても、いつも相手は上の空でさ」

と、こぼしていたという。「打ち合せして翌日、先方へ電話を入れると、『そんな話、聞いとらんぞ』と来るんだ。いやになるよ」

もちろん、企業のPRのパンフレットのために殺されることはないだろう。そのクラブへ通っている内、何か他にとんでもないものを見るか、聞くかしたのではないか、というのが、良子の推測だった。

「当人」は、そんなこと、何も言っていなかったが、自分でもその重要性に気付かない内に、何かを見聞きしている可能性はある。

あいつ、こういう肝心のときにゃ出て来ないんだから、と有利は風呂を出て、バスタオルで体を拭きながら、思った。

もっとも、今出て来られちゃ困るけど。

電話が鳴って、出てみると良子からである。

「――今日はお休みしたので。今、アイを寝かしつけたところです」

と、小声で言って、「今日、引き受けていただいたのが、夢じゃなかったかと思って」

可愛いね。――有利は微笑《ほほえ》んで、

「大丈夫。あなたもよく眠って、夢で彼氏と会うのね……」

と、言ってやったのだった。


「だめね、Nデパートは！」

と、よく通る声が、静かな売場に響きわたった。

通りかかった客も、思わず足を止めて振り向くぐらいだから、その言い方が単なる「苦情」の域を超えたものだったことは、想像がつくだろう。

「私は、これから行くって、ちゃんと前もって連絡しておいたのよ。そっちで私の言った傾向の品を揃えて待ってるのが当り前でしょ？　それが何なの、これは」

伊原有利は、昼休みがそろそろ終りなので、休憩室を出て、自分の受持ちである紳士服特選売場に戻る途中、仲のいい鈴木晶子のいる婦人服の売場へやって来たところだった。

客が足を止めるくらいだから、もちろん有利も足を止めて、何ごとかとその言葉の聞こえて来た方を見た。

「どこのお店だってね、予《あらかじ》め連絡しておいたのに、何も用意してない、なんてこと初めてよ」

まだ若い女だった。せいぜい三十かそこいら。しかし、身なりの立派なこと——いや、むしろ「豪華なこと」と言いかえた方がいいだろう。

どこの夫人だろう？　Nデパートの上得意なら、有利もたいてい顔ぐらい知っている。

しかし、今、有利がその様子を心配して見ていたのは、その夫人の前で青ざめてうなだれているのが、他ならぬ鈴木晶子だったからである。

「誠に申しわけございません」

と、頭をくり返し下げているのは、婦人服売場の課長、水島《みずしま》。

「どういう教育をしてるの、おたくじゃ？　お昼休みだからって、お客の用事を放ったらかして、さっさと遊びに行って、それであわてて、今から持って参ります、ですって？」

その女性は、晶子の方へ何とも言えずいやな目を向けて、「言っときますけどね、あなたたちの三十分と、私のように忙しい人間の三十分は全然値打ちが違うのよ」

「全く、おっしゃる通りでございます。二度と決してこのようなことは――」

と、水島が言いかける。

「そうね。こんなことを二度もやったら、この売場にいいお客様は来なくなると思った方がいいわよ。私、大勢こちらのお得意様を知ってるんですから。ここは、とってもだらしがないのよ、と電話ででも話してごらんなさい。アッという間によそのデパートへ移ってしまうわよ」

「ご勘弁下さい。――笠野《かさの》様には、もう言いようのないほどお世話になっております。この不始末の段は、後ほど必ず埋め合せをさせていただきますので、どうかお許しを」

水島が、貧血でも起こすんじゃないかと心配になるほど、大きく頭をくり返し下げて言った。

有利は、婦人服売場を少し離れると、やはり心配そうに様子を見ている、ブティックの出向店員を見付けて、

「どうしたの、一体？」

と、小声で訊《き》いた。

「何だか、よく分らないんですけど……。ともかく、鈴木さんが、言われてた品を揃えてなかったって……。でも、二時半にみえるって連絡だったんですって」

有利は腕時計をみた。まだ二時である。

晶子は、あの「笠野」とかいう客が来るまでに、三十分もあれば充分品を揃えられると思って、昼休みを先に取ったのだろう。ところが、客は三十分早くやって来た。

「──私もね、分らないことは言いたくないのよ。おたくとは長い付合いですし」

と、その笠野という女性は言った。「だからこそ、文句を言ってるの。分る？　もう、こんなデパート、どうなってもいいと思えば、黙って帰るわよ。そうでしょ？　このデパートが好きだから、文句も言うのよ」

「はい、仰せの通りでございます。大変ありがたく存じております……」

Nデパートが好きなら、社員が時間通りに昼休みとったからって、文句言うな！

有利としては、そう言ってやりたい気分だったが、そうもいかない。

「分って下さればいいの」

と、その女性は、まるで晶子のことを無視して、「じゃ、今からでも、すぐに品物を揃えてちょうだい」

「かしこまりました──ま、どうぞこちらへおかけになってお待ち下さい」

「急いでね」

「はい！　鈴木君、何を突っ立ってるんだ！　早くしないか！」

晶子が駆け出す。──水島課長は、他の子にすぐ、

「コーヒーをお出しして」

と、小声で指示する。「下の店から、おいしいのを持って来るんだ。自分で運んで来い」

その間に笠野という女性は、ソファにゆったりと腰をおろし、まるで自分の家の居間にでもいるという様子。

いつまでも見ているわけにはいかないので、有利は自分の売場へ戻ることにした。しかし、可哀そうに。――いくら呑気《のんき》な晶子でも、あれはこたえただろう。

後で、ちょっと声をかけとこう、と思った。

――そうそう。

今日は帰りに、山野辺良子と会うことになっている。問題の「未亡人」作りをやろうというわけである。

有利が「金持の未亡人」になるために、それにふさわしい服やアクセサリーなど一揃い、買おうというわけだが、どれくらいお金がかかるものか。有利も買物は嫌いじゃないが、今日は、専ら楽しむばかり、というわけにはいかない。

「今後とも、よろしくお願い申し上げます」

有利が紳士服特選売場へ戻ると、課長の大崎が、床につくかと思うほど頭を下げて、客を送り出しているところだった。

何だか今日はやけにえらい客が多い日なのね、と有利は思った。

「また寄らせてもらうよ」

と、ダブルのスーツに身を包んだその男は、成功した人間に特有の、自信に満ちた歩き方で、売場を出て来た。

有利は、わきへ寄って、

「ありがとうございました」

と、頭を下げる。

その男は、ちょっと足を止めると、有利が顔を上げるまで待って、

「この売場にいるのかね」

と、言った。

「はい。伊原と申します」

「伊原君ね。憶えとこう」

五十代の半ばというところか。決して太ってはいないが、貫禄《かんろく》がにじみ出ている。

こういう高級品の売場には、格好ばかりの「はったり屋」もよくやって来るが、本物かどうかは、いくら高い物を着ていても、雰囲気で分るものである。

髪は豊かだが、半ば白くなって、よく日焼けしているのはゴルフのせいか。少なくとも、有利のことをいつも、

「伊藤君」

と呼んでいる「社長」より、ずっと知性を感じさせる。

「じゃ、失礼」

と、その男は大崎課長の方へもう一度声をかけた。「家内が婦人服の方で待ってるんでね」

「ありがとうございました」

――やっと、その男が行ってしまうと、大崎はハンカチで汗を拭いている。もともと太っているのでよく汗をかくが、今は特別らしい。

「課長。今の方、どなたですか?」

と、有利は訊いた。

「うん。五つ、六つの企業のオーナーで、大金持なんだ。今度、うちの株主の一人になって、ここで服を作ろうということになった」

「へえ。――なかなかの人物って感じ。何て人ですか?」

「よく憶えていて、俺のいないときにみえても失礼のないようにしてくれよ。笠野さんとおっしゃるんだ」

「笠野?」

思わず、有利は訊き返していた。

「そうだ。笠野速雄《はやお》さん。——どうかしたのか?」

「いえ、別に……」

婦人服売場で家内が待っている……。間違いないだろう。晶子を怒鳴りつけていた女の、あれが亭主なのだ。

笠野速雄か……。

妻の名は笠野貴子《たかこ》だと有利は課長の大崎から聞き出した。


「何よ! 頭に来ちゃう! あの大っきな態度!」

鈴木晶子の怒りは、正に沸騰点に達しようとしている。

「ま、落ちついて」

と、有利はなだめた。

「これが落ちつけるかって! 憶えてらっしゃい! このままじゃすまさないから!」

「私に向って怒んないでよ」

と有利は言った。

三時半の休憩時間。——休憩室では、早くも晶子の「受難」の話が広まっていた。

有利は、晶子が落ち込んでいたら慰めてやろうと思っていたのだが、どうやら「落ち込む」という単語は晶子の辞書にないらしい。

その代り、熱でも出すんじゃないかと思うほどカッカしているのである。

「笠野貴子か」

と、有利は言った。「後妻ですって？」

「そうよ。笠野速雄が、どこかへ出張に行って、その帰りに連れて来たっていうの。どこの出身で、どこで何をしてたのか、一切秘密。どうせろくな女じゃないのよ」

「へえ。でも、そんな女とよく再婚したわね」

「ちょっと美人だからでしょ」

と言ってから、晶子は、「私から見りゃ、あんなもん、十人並でしかないけどね」

と、付け加えた。

「まあ、災難だったわね」

と、有利は晶子の肩を軽く叩《たた》いた。「忘れなさいよ。いやな客なんて、日に何人も出会うじゃないの」

「分ってるけど……。でもね、怒られたから言うんじゃないの。あの女の服のセンス、最低よ」

そう。――晶子とて、だてに婦人服売場にいるわけではない。

有利がちょっと見ただけでも、夫の方とはまるで違って、妻の貴子は、単に高いものを身につけているに過ぎない。本当に高級品を着こなすのは、容易なことではないのである。

「でも、気が重いわね」

と、晶子は言った。「あの女が、これからちょくちょく来るのかと思うと」

「高いもんすすめときゃいいじゃない。よくお似合いです、って言って」

「まあね……」

言うはやすく、である。

「あ、雨が降って来たのね」

BGMが、〈雨に濡れても〉になっている。窓というもののないデパートでは、この曲を流して、外が雨だと店員に知らせることになっているのである。

「台風でも来い」

と、晶子が、やけ気味に呟《つぶや》いた。

8　変身

人は暗示にかかるということがある。

自分を暗示にかけることで、本当に、そうなり切ってしまうということも珍しくない。

　しかし、今の有利は……。

「本当にすてき！」

　と、山野辺良子がため息をつくのもオーバーではない、と思えるほど（自分でそう思うのは、いささか図々しい気もするが）、魅力的な未亡人になり切っていた。

　鏡の中には、黒いイヴニングドレスの、どこか妖《あや》しげなムードを発散する美女が立っていた。もちろん、有利当人である。

「でも……良子さん」

　と、有利は言った。「このドレスとか、イヤリングとかネックレスとか……。凄《すご》く高くない？」

「安物じゃありません」

　と、良子は言った。「でも、やっぱり見た目で分ってしまいますもの。ちゃんと投資をしないと」

「そう……。でも……」

　有利としては、なんだか札束を着て歩いている気分になりそうである。

「――これで決り、ですね」

　と、良子は肯いて言った。

「じゃ、もう脱ぐわね。肩がこっちゃう」

と言って、有利は笑った。「貧乏性が身についててね」

「そんなことありませんわ。もともと伊原さんの内に、その魅力がなかったら、こうしてにじみ出て来ませんもの」

良子は、なかなか人をのせるのがうまい。有利が「のりやすい」だけかもしれないが。

「――じゃ、外で待っています」

と、良子が試着室を出る。

有利は、ドレスを脱ごうとして――改めて鏡の中の女を見つめた。

もちろんメガネはかけているが、それを外した、と仮定して見ると、確かに、「これが本当に私？」と言いたくなるほどの変りようだ。

有利は鏡に向って、ちょっと斜に構え、ドレスの裾をそっと持ち上げてみたり、胸のあきを少し強調してみたり、少々色っぽく体をくねらせてみたりして――自分で赤くなった。

何やってんだろね、全く！

アクセサリー類を外し、ドレスを脱ぐ。

いつもと違う自分を見て、いささか胸ときめかせているのが、我ながら驚きであった。自分はもっとリアリストで、自分に対して幻想なんか抱いていないと信じていたのに。

そんなことはないのだろうか?

やっぱり私も人並みにうぬぼれたい気持を持っていたのか。

うぬぼれるのは勝手だ。でも今回は、これに他人が惚《ほ》れてくれなければ、何の意味もないのである。

自分の服に戻ると、有利は息をついた。

何だか、ホッとしたような、がっかりしたような、妙な気分である。

それにしても、このドレスやアクセサリー、そして他にも、スーツ、バッグ、靴、と買い込んで、一体良子はいくらつかっているのだろう?

何百万の単位であることは間違いない。有利もデパートにいるから、物の値段の見当はつく。

「――お待たせ」

と、有利は試着室を出た。「シンデレラの馬車がカボチャに戻った、ってところね」

「お疲れさまでした」

と、良子は言った。「じゃ、とりあえずこのドレスとか一式、持って帰って下さい。他の物は送ってもらいますから」

「それはいいけど……。どうしてこのドレスは持って帰るの？」

「この週末に使うからですわ」

と、良子は言った。

「——早速？」

「はい」

良子は肯いて、「この週末は、あのクラブの十周年記念パーティなんです。伊原さんを会員たちに印象づけるには絶好のチャンスです」

「週末ねえ……」

と、有利はいささか不安げで、「リハーサル、やらなくてもいい？」

「伊原さんなら大丈夫です」

「良子さん、来ないんでしょ？」

「顔を知られてますから」

そう。——そうだった。

ま、仕方ないか。こうなることを承知で引き受けたのだ。今さらブツクサ言うのは、有利の趣味ではない。

ドレスを包んでもらっている間に、良子が支払いをすます。

結局いくらかかったのか、有利は訊かないことにした。良子がそんなことを問題にしていないのだから、有利もそれを尊重しようと思った。

「アパートまでお持ちしましょうか」

と、良子が言った。

確かに、相当な荷物だ。

「大丈夫。かさばるだけで、大して重くないもの。自分で着る物なら、いくらでも持てるもんでしょ」

「そうですね」

と、良子は笑った。

「じゃ、行きましょうか」

そのブティックを出て、

「雨、止んでる。良かったわ」

と、良子が言った。

雨が止んで、空気は洗い流されたように爽《さわ》やかな感じがした。

「そのクラブのパーティに行くときは、タクシー使うの？」

と、一緒に歩きながら、有利が訊くと、

「いいえ。ちゃんと私、車を手配します」

と、良子が言った。「タクシーじゃなくて、高級車を」

「クラブへ直接行かれるときはともかく、今度のパーティは、会員もみんな精一杯、豪華に装います。伊原さんは『未亡人役』ですから、派手にする必要はありませんけど、充分にお金をかけたという様子でないと」

「でも……」

「充分派手よ、これでも」

と、有利は笑った。「じゃ、地下鉄で帰るかな、豪勢に」

良子は、愉快そうに笑った。

その笑いは、女の有利が聞いても、チャーミングである。あの沢本徹夫がコロッと参っても、不思議ではない。

「でもさ、良子さん」

と、有利は言った。「私も、本名じゃ行けないでしょ、クラブに。それにまだ入会してないのに、パーティに行って、大丈夫なの?」

「ご心配なく」

と、良子はバッグを開いて、「ちゃんと入会してあります」

「え?」

「これ、身分証になるカードです」

「ちょ、ちょっと待って」

あわてて荷物をおろして、カードを受け取る。

「伊藤百合江？」

「似た名前の方が、なじみやすいかと思いまして」

「そうね……。ま、どんな名前でも、構わないけど」

カードを大切に自分のバッグへしまい込んで、「新しい名前に慣れなくちゃね」

「そのカードでクラブ内ではすべて用がすみます。失くさないで下さい」

「分ったわ」

と、有利は肯いて、「で、私は何をすればいいの？」

「当日、車でお迎えに行きます。土曜日の夜九時ごろ」

「九時？　そんなに遅いの？」

「パーティは十一時からです」

「へえ……」

「朝七時に起きて、勤めに行くような会員はいないんです」

「なるほどね」

「そのとき、詳しく打ち合せましょう」

と、良子が言った。「じゃあ……どうかよろしく」

「こっちこそ」

と、有利は両手一杯の荷物を持ち上げて見せ、「用がすんだら、あなた、着るのね」

「いいえ、全部、伊原さんにさし上げます」

良子の言葉に、有利は目を丸くした。


変身の興奮で、その夜、有利はなかなか寝つけなかった。——何と三十分も。

いつもコロッと眠ってしまう有利としては珍しいことである。

もっとも、一旦眠ってしまうとグーグーいびきなんかかいているのだから、「熱しやすく、さめやすい」タイプなのかもしれない。

——電話の音で目が覚めるまで、少々時間がかかったであろうことは、疑いのないところだ。

「何よ！　今、何時？」

鳴ってる電話に訊いたって、返事をしてくれるわけがない。目をショボショボさせつつ時計をみると、午前三時！

こんな時間に！　いたずらじゃないの？

しかし、電話は一向に諦《あきら》めることなく、鳴り続けた。——仕方ない。

有利は手を伸ばし、受話器を取った。

「はい。——もしもし？」

やっぱり変な電話かと思ったのは、何やら苦しげに呻《うめ》くような声が聞こえて来たからで、有利は切ってしまおうかと思った。

「伊原……さん」

かすかに聞こえたのは、女の声。それもとぎれとぎれだが、確かに——。

「もしもし。——良子さん？」

と、有利は言った。「良子さんなの？」

「良かった……。出て下さって……」

良子の声は今にも消え入りそうだった。

「もしもし！　どうしたの？」

すっかり目の覚めた有利は大きな声で言った。

「誰かに……刺されたんです……」

「何ですって？」

「お願いです……。きっと……あの人を殺した犯人が……」

「ちょっと！　しっかりしてよ！　今、アパートなの？　救急車を——」

「聞いて下さい……。もう私はだめ……」

「何言ってるの！　アイちゃんがいるでしょうが！　しっかりしなきゃ！」

「お願いです……。この子のこと……。そして……犯人を……」

受話器が落ちたのか、ガタガタッという音がして、それきり何も聞こえなくなる。

有利は、何秒か、呆然《ぼうぜん》としていた。しかし——そうだ、早く救急車を！

「良子さん！　しっかりするのよ！」

有利は思いっ切り大きな声で怒鳴ったのだった。

一体、山野辺良子に何があったのか。

ともかく、有利は救急車にすぐ良子のアパートへ向ってもらうよう連絡してから、二、三分で支度すると、大急ぎで良子のアパートへと向った。

タクシーを拾って、

「ともかくぶっとばして！」

と、一万円札を渡す。

「パトカーに捕まるよ」

と、渋い運転手へ、

「罰金は私が払うわよ！　人の命がかかってるのよ！　男でしょ！」

と、大声でわめいた。

「分ったよ、うるせえな」

降参、という様子で、タクシーは素直に（？）猛スピードで飛び出し、有利は危うくひっくり返りそうになった。

しかし――一体何ごとだろう？

刺された、と良子は電話で言った。しかし、誰に刺されたのかは分らない様子だった。

「とんでもないことになったわ」

と、有利は呟いたが、まだ半信半疑というか、これも夢の中なんじゃないだろうか、という気持があったのである。

ともかく今は、一刻も早く、良子のアパートへ着くことだ。

「ちょっと！　もっとスピード出ないの！」

と、有利は無茶を言って、運転手を青ざめさせたのである。

そのかいあってか、もちろん夜中で道が空いてもいたのだが、奇跡としか言えない短時間で、有利は、山野辺良子のアパートへ着いた。

タクシーを降りると、有利の顔から血の気がスッとひいて行った。

パトカー。救急車。警官、そして近所の人らしい野次馬たち……。

本当に、何かあったんだ。でも――まさかあの良子が……。

「ちょっと。入らないで」

と、制服の警官に止められる。

「通報した者です」

と、有利が言うと、警官は、

「じゃ、二階でそう言って」

と、通してくれた。

二階。二〇二号室。有利は階段を上るのが怖かった。

良子が、冷たくなって、白い布をかけられているのではないかと思うと、膝《ひざ》が震えた。

二階へ上ると、担架が、狭い廊下へ運び出されて来るところだった。

「おい、ぶつけるなよ」

「もう少し立てて……。そうだ」

「あの――」

と、有利はこわごわ声をかけた。「山野辺良子さん……」

返事は聞くまでもなく、担架に青白い顔でのせられているのは、良子だった。

「あんたは?」

と、声がして、有利は顔を上げた。

半分髪の白くなった、ちょっといかつい感じの男が、白い手袋を外しながら、

「被害者を知ってるの?」

と訊いた。

「通報した者です」

　と、有利は言った。「良子さんは——」

「ああ。重傷でね。一応出血は止めたが、助かるかどうか微妙なところですよ」

　刑事らしいその男は言った。

　じゃ、ともかくまだ生きてるんだ！　とりあえず、有利は息をついた。

「あの——アイちゃんは？」

　と、有利は訊いた。

「アイちゃん？」

「赤ん坊です、良子さんの」

「ああ。隣の人が面倒みてくれてるんじゃないかな。——通報したって？　どういうことだったのか、話して下さい」

　有利は、良子からの電話で起こされたことから説明した。もちろん、良子に何を頼まれていたか、までは話すわけにいかない。

「——すると、犯人が誰とは言わなかったんですね？　残念だな」

　と、その刑事が首を振る。

「栗塚《くりづか》さん」

　と、警官が呼びに来た。「パトカーに連絡が」

「分った。──ちょっと待ってて下さい」

栗塚というその刑事が行ってしまうと、有利はそっと開けたままのドアの方へと歩いて行った。

中では、白手袋をはめた男たちが、写真をとったり、巻尺で何やら測ったりしている。

ふと足下へ目をやって、ドキッとした。玄関に血だまりができている。

そして血の帯が、部屋の中へと……電話の所まで、続いている。

「誰か」がここへやって来た。そして、良子は玄関のドアを開けたとき、刺されたのだ。

犯人を見なかったというのは、よほど素早い凶行だったのか、それとも犯人が顔を隠していたのか、だろう。

部屋の中を見回せば、刑事でない有利にも分る。中は全く荒らされていない。

強盗の類とは違う。はっきり、良子を殺しに来ているのだ。

良子は、電話まで必死で辿《たど》りついて、一一〇番する代りに、有利の所へかけて来た。

犯人を見付けて下さい、と頼むために。

有利の顔が徐々に紅潮する。──怒りが、まるで火山のマグマみたいに、ふき上げて来た。

何て奴！　赤ん坊を抱えて懸命に生きている良子を、こんなひどい目に遭わせて。

許さない！　許すもんか！

有利は、どんな危険を冒しても、犯人をこの手で捕まえてやる、と自分に誓ったのだった。

9　有利の対策

「ふーん」

と、その栗塚という刑事は言った。「すると、この山野辺良子ってのは未婚の母だったわけだね」

「そうですけど。それが何か？」

有利は、つっかかるように言った。

「いや、別に。何も言ってない」

「そうですね。すみません。つい、カッカしてて」

――良子の部屋。

もう、捜査は終って、外は明るくなって来ている。

しかし、畳の上には血の痕《あと》が生々しく、それに目をやる度、有利は重苦しい気分になるのだった。

「すると」

と、栗塚という刑事は手帳を見直して、「あんたは、たまたま電車で一緒になったこの山野辺良子と親しくなった、と」

「そうです」

まさか、幽霊に頼まれて会いに行った、とは言えない。

それにしても、あの幽霊！　良子があんな目にあってるんだ。出て来たっていいじゃないか！　冷たい奴。——有利は周囲をにらみつけた。どこかその辺にいるんじゃないかと思ったのである。

「どうかしたかね」

と、栗塚が言った。

「は？」

「何か、この部屋に恨みでもありそうな目つきだったよ」

「そういうわけじゃ……。とにかく早く犯人を捕まえて下さい」

「もちろん、全力を尽くすがね」

栗塚という刑事は、えらく眠そうだった。

——まあ、夜中に叩き起こされてやって来たのだろう。仕事とはいえ、楽じゃあるまい。

「犯人は、個人的な恨みで、刺したんだね。何も盗られていないし、そうとしか考えられない」

それぐらい私だって分ってるわよ、と有利は思った。

「この山野辺良子が、誰かに恨まれてる、ってことは？　何か聞いてない？」

有利としては、むずかしいところだ。

話すとなれば、何もかも話さなくては分ってもらえないだろう。

しかし、まさか——沢本徹夫のお化けの話なんかしたら、今度は有利の方が頭の中身を疑われかねない。

「よく分りません」

と、有利は答えた。「付合いといっても、ごく最近のことでしたから」

「しかし、刺されるってのは、よほどのことだ。——赤ん坊は、アイちゃんとか言ったかな」

と、栗塚は訊いた。

そうだ。もし良子に万一のことがあったら……。

とりあえず、アイちゃんは隣の人がみてくれている。有利としては、まさか子供を引き取るってわけにもいかない。

「同じ名だ」

と、栗塚刑事がボソッと言った。

「え？」

「いや、アイって名が、うちの娘と同じで」

そう言って、栗塚は少し赤くなった。

有利は、この刑事が急に身近に感じられて少しホッとした気分になった。

「それで——」

と、栗塚は咳払《せきばら》いして、「この赤ん坊の父親が誰か、知ってるかね」

「さあ」

と、有利は首を振った。「そういう話はしませんでした」

「そうか。まあ、その父親が刺しに来るってのも妙な話だしな。他に、この女性のことで知ってることは？」

「ガードマンやってることぐらいですね」

と、有利は言った。

「ガードマン？」

有利の話に、栗塚刑事はびっくりした様子だった。

「——なるほど。そんな女性が刺されるとはね。よほど突然のことだったわけだな」

「良子さんの容態に何か変ったことがあったら、知らせて下さい」

と、有利は言った。

「分った。――もう朝か。家まで送らせよう」

「いえ、大丈夫、自分で帰れます」

と、有利は断った。

「何かあったら、ここへ」

と、栗塚は名刺を出して、「自宅の電話を書いとく。思い出したことでもあれば連絡してくれ。いつでも構わない」

「分りました」

有利は名刺をもらって、良子のアパートを出た。

――タクシーを拾って、帰路につく。

気持がたかぶっていて、少しも眠くならない。

なぜ良子は刺されたのか？

もし、本当に沢本を殺した犯人が、良子を刺したのだとしたら、犯人は良子が何かやろうとしていることを、察していたわけだ。

つまり、良子の「代理」として、パーティに乗り込もうとしている有利のことも、知っているかもしれないのだ。

そう考えると、有利自身も狙《ねら》われる可能性があると気付いて、いささかぞっとした。

しかし――もちろんやめるわけにはいかない。

こうなると、何か身を守る物が必要だ。適当なものはないだろうか？

タクシーの中で、有利は腕組みをして考え込む。

アパートへ帰り着くと、今日はデパートを休むことにして、電話を入れ、有利はともかく少し眠ろうと思った。

たとえ眠れなくとも、目をつぶっているだけでも……。

そう思ったが、結構、三時間近く、眠ってしまった。一瞬、フッと眠りに引き込まれてハッと目を開けると、もう午後。

電話が鳴っていた。

「はい、もしもし」

「伊原有利さん？　栗塚だが」

「あ、刑事さん」

「山野辺良子だが、何とか命はとりとめるらしいよ。今、病院から連絡があった」

「良かった！」

有利は、思わず神様にお礼を言った。別に信じてやしないのだが。

「もちろん、まだ意識はない。話ができるようになったら、また連絡する」

見かけによらず（？）親切な刑事さんのようだ。

電話を切ると、良子が助かりそうというので大分気分の良くなった有利は、シャワーを浴びて、頭をスッキリさせた。

一つ、考えていることがあったのだ。


「──何か用か」

えらく人相の悪い男が、立ちはだかった。

有利は、店の名前を見上げて、

「ここに、山形《やまがた》って人、いるでしょ」

「山形？　社長のことか」

「社長？　あれが社長？」

有利は、唖然とした。

「あれ、とは何だ」

「ともかく、取り次いで。有利、伊原有利よ」

と、有利は言った。

「何の用だ。社長は忙しいんだ」

「忙しいわけないでしょ。女の子に働かせてピンハネしてんだから」

「何だと?」

「ともかく、早く取り次いで!」

有利の自信に溢《あふ》れた態度に、その用心棒風の男は、渋々店の奥へ入って行った。

いわゆる〈風俗産業〉の店がいくつか入った、けばけばしいビル。

有利は、物珍しさで、キョロキョロしていた。

「何だ、入りたいのか」

と、赤いジャケットに白のパンツという、信じられないようなスタイルの男がフラッとやって来る。

「何?」

「ここで働きたいのか?——まあ十人並の顔だな」

「あんたは半人並」

「何だと?」

ムカッとした様子で、「この野郎!」

「やあ、伊原さんじゃないか」

と、店の奥から、キザな三つ揃いの男が出て来ると、オーバーに両手を広げて、声を上げた。

「山形君。お腹出ちゃって、何よ」

と、有利は言った。「二十七歳でしょ。その体型、どう見たって四十過ぎ」

テカテカにリキッドをつけた髪を手でなでつけて、山形という男は苦笑した。

「伊原さんにゃかなわないな。入らないか。ウイスキーのいいのがあるけど」

「昼間から、アルコール？　若死にしたかないもんね」

わきで聞いていた、赤いジャケットの男がムカッとした様子で、

「生意気な奴だな！　社長、この女、裸にして放り出しますか」

「やれるもんならやってみな」

と、有利は言い返した。

「おい、よせ」

と、山形は止めて、「この人は俺の同窓生だったんだ。生徒会副会長で、えらくおっかなかった。——ま、ともかく奥へ」

「それじゃ」

ふくれっつらをしている赤いジャケットの男を尻目に、有利は、そのけばけばしいビルの奥へと入って行った。

——応接室らしき部屋も、ビルそのものと同様の、派手さ。

「趣味悪いのね」

と、馬鹿でかいソファに身を沈めて（本当に沈んでしまいそうだった）、有利は言

った。

「じゃ、コーヒーでも？」

「いただくわ」

と、有利は肯いた。「山形君、いつから社長なの？」

「親父が去年、脳溢血《のういっけつ》で倒れてね」

と、インタホンでコーヒーを持って来るように言ってから、山形は答えた。「まだ若いとは思ったけど、結局、後を継いだってわけ」

山形は、有利と高校の同窓生。父親がこの辺の「顔役」だというのは、有利も知っていたが、本人はなかなかの気のいい面白い男の子で、生徒会副会長だった有利は、山形をずいぶん「子分」みたいにしてこき使ったもんである。

しかし、その山形が「社長」の座におさまっていようとは思わなかった。

「伊原さんはデパート勤めだっけ」

「そうよ」

「まとめて買ったら安くなる？　何しろ、あちこち、贈り物をバラまかなきゃいけないんで、その金額も馬鹿にならないんだ」

「袖の下じゃないの？」

「それもあるけどね」

と、山形はアッサリ認めた。「ま、現金をやるわけにゃいかないから、金のタイピンとか、ダイヤ入りの腕時計とか、そういう類のもんが多いね」

「儲《もう》かってんでしょ。ちゃんと定価で買いなさい」

と、有利は言ってやった。

応接室にコーヒーが運ばれて来た。

運んできた女の子を見て、有利は目を丸くした。ビキニの水着にエプロン。胸の谷間が覗《のぞ》けそうな、ボリュームのある子だった。

「――あれが制服？」

と、コーヒーを飲みながら、有利は言った。

「いや、そうじゃないけど、ここへ来る客は、大体男だからね。あれを見て、おっかない顔も緩むんだ」

「ついてけないわね」

と、有利は首を振った。

「ところで、何か用事で？　まさか、遊びに来たわけじゃないんだろ」

「私がここで何して遊ぶの？　トランプでも？」

と、有利は笑って、「ちょっと、山形君にお願いがあって、来たの」

「へえ、珍しい」

山形は、足を組んだ。真赤な靴下がチラッと覗く。

「ふられた男を痛い目にあわせるとか？　あんまり、暴力沙汰《ざた》はやってないんだけど」

「よしてよ。やっつけるなら自分でやる」

と、有利は苦笑した。「実はね、ちょっとわけがあって、痛い目にあうかもしれないの、私」

「へえ」

「で、身を守るものがほしいのよ。山形君、何とか組とか、色々つながりあるんでしょ」

「まあ多少は。こういう商売してるとね」

「ね、ピストル、手に入らない？　私が扱えるような小型の」

有利が、ごく当り前の口調で言ったので、目を丸くした。

「ピストル？——本物の？」

「オモチャもらってどうするのよ」

「あのね……。しかし、そりゃ違法だよ」

「分ってるわよ、そんなこと。でも、死ぬのもいやだから」

「誰かに狙われてるの、伊原さん」

「その心配が多分にあるの」

「じゃあ……警察へ届けるとか」

「そうしたくないわけがあるの」

山形は、しばらく有利を見つめていたが、やがてちょっと笑って、

「昔から、言い出すと絶対に自分の意見を変えない人だったものね」

と、言った。「もちろん――ルートはあるよ。手に入れようと思えば、機関銃だって入る」

「そんなもん、いらないわ。バッグへ忍ばせておけるくらいのがいいの」

「うーん」

と、山形は頭をかいて、「分ったよ。気は進まないけど、何とかしよう」

「ありがと」

有利はコーヒーを飲み干して、「じゃ、できるだけ急いでね。今度の土曜日に使いたいの」

と言うと、立ち上った。

山形はびっくりして、

「使うって……。誰かを撃つの?」

「そうじゃなくて、持って行くってこと。こっちが狙われなきゃ、使ったりしないわ

よ」

と、有利が言うと、山形は少しホッとしたようだった。

「ただね、伊原さん。もし、そのピストルを警察に見付けられたら――」

「あなたの名前は出さない。その辺で拾ったとでも言うわ。心配しないで」

「分った。――伊原さんの言うことなら確かだろ」

「信用して。じゃ、お邪魔したわね。連絡はどうすればいい？」

山形は少し考えて、

「誰かに届けさせるよ。そんな物、小包で送るってわけにもいかないしね」

「じゃ、住所を……」

有利はメモをして渡し、「よろしくね」

と、応接室を出た。

山形はビルの表までついて来たが、

「気を付けて。――伊原さんの死体が川に上った、なんて記事、見たくないからね」

「私も同感よ」

と、有利は笑って言うと、「山形君。君の人生だから、口は出さないけど……。いつまでも、こういう商売してない方がいいと思うわよ」

軽く山形の肩を叩いて、有利は足早に歩き出す……。

——見送っていた山形のそばへ、あの赤いジャケットの男がやって来て、

「なれなれしい女ですね。社長の肩なんか、気楽に叩きやがって」

と、まだむくれている。

「すてきな人さ」

山形の目は、どこか遠い所を眺めているようだった。

「あれがですか？」

「しかし……困ったな」

山形は、難しい顔で考え込んだ。

「何です？」

「うん。あの人に頼まれて、『うん』とは言ったが……。あの人が逮捕されるようなことになっちゃ困るし」

赤いジャケットの男は、わけが分らない様子で、山形の顔を見ている。

「社長……。あの女が厄介ごとを持ち込んだのなら、痛めつけてやりましょうか」

「馬鹿！　そんなんじゃないんだ。黒岩《くろいわ》。お前は大体いつも早合点して、しくじるんだから」

「すんません」

まだ若い、黒岩という男、頭をかいている。

「そうか……。そうだ、要するに――」

山形は呟くようにそう言うと、「黒岩、お前に大切な仕事を頼みたい」

と言って、赤いジャケットの肩をギュッとつかんだのだった……。

10 有利、乗り込む

「これでよし、と」

鏡の中を何度も覗き込んで、有利はそこに映っている「美しい未亡人」が、自分自身であることを確かめた。

時計を見ると、夜の八時半。

九時には、良子の手配したハイヤーが迎えに来るはずである。――このアパートじゃ、間違えたと思って、帰ってしまうだろうか。

いや、一応ここも「マンション」ということになっているし、ちゃんと名前もある(当り前だが)。心配しなくても大丈夫だろう。

――今日休みをとった有利は、昼間、病院へ山野辺良子を見舞って来た。

立派な個室に入って、良子のそばには、母親がついていた。

良子はもう意識をとり戻し、もちろん当分は寝たきりということになるだろうが、目にはしっかりと力があって、有利を安心させた。

「ご心配かけて……」

良子は、母親が席を外すと、有利に言った。

「早く良くなって」

と、有利は微笑んで、「早く元気にならないと、私が犯人を見付けて、コテンパンにのしちゃうわよ」

「ぜひ、私も加えて下さい」

「そのためには、おとなしく寝てること」

と、有利は言って、「お母さん、ついててくれてるの？」

「ええ……。この事件で、父も母も、私のこと許してくれて。悪いことばかりじゃありませんでしたわ」

と、良子が言った。「アイは今、父が家で相手をしています」

「そう！　良かったわね」

有利としては、難しいところだった。良子の両親には前に会っているのだ。しかし、良子がそれを知ったら、変に思うだろう。

幸い、今、挨拶《あいさつ》しただけでは、母親の方は有利に気付いていないらしい。初対面ということで押し通すしかないだろう。

「今夜ね、いよいよ」

と、有利は言った。「車の方、どうなってる？　それを訊こうと思って」

「九時にハイヤーが、お宅へ。もう手配しておいたんです。いい車は、早めに押えておきませんと」

と、良子は肯いて見せた。

「分ったわ。じゃ、頑張って来るから」

「でも――有利さん」

と、良子は少しためらって、「私がこんなことになって……。私、後悔したんです。あなたを、こんな目に遭わせたりしたら、どうしようって」

「私はね、逆に決心したの。何が何でも犯人を捕まえてやる、ってね。心配しないで、寝てなさい」

有利がそっと額に当てた手を、良子は弱々しくつかんだ。

「どうか、充分、用心して下さいね」

と、良子は念を押した。

「任しといて。ちゃんとこっちも考えてるわよ」

と、有利は言った。

ベッドで寝ていると、良子はいかにも頼りなげで、弱々しく見える。実際はどうでも、有利は、この子を守ってやらなくちゃ、という気持にさせられるのだった。

「犯人を見られなかったのが残念です」

と、良子が悔しそうに言った。「一瞬のことで。しかも、声をかけて来なかったんです。ガサゴソ音がして、何だろう、と思ってドアを開けると——」

「チラッとでも見なかったの」

「ええ。本当に悔しいんですけど」

と、良子はかすかに首を振った。

どうやら、犯人はなかなかの知能犯のようだ。声をかけたりすれば、やりそこなったとき、手がかりを残すことになる。

廊下で何か物音をたてれば、何だろうと覗きに出るのは、ごく自然なことである。

「ともかく」

と、有利は良子の手を軽く握って、「行ってみるわ。明日にでも、報告に来るから」

「お願いします」

良子は、そのうるんだ瞳で、じっと有利を見つめていたものだ……。

さて——こうして支度はできたのだが。

「何をやってんだろ?」

と、有利が文句を言っているのは、例の山形に頼んだ「武器」のことなのだ。

今日使う、と言ってあるのに、まだ届かないのである。

もちろん、スーパーで買うとか、問屋に注文すりゃすぐ届く、ってしろものじゃないことは、有利にも分っている。しかし、もし間に合わなかったら……。だからといって、今夜のパーティに出ないわけにはいかないのである。

苛々《いらいら》と時計へ目をやる。――九時まであと十五分。少しは待てるとしても、十時を過ぎるわけにはいくまい。

問題のクラブまでは、ここから結構ある。ま、遅刻したからって、入れてくれないってことはあるまい。もちろん〈伊藤百合江〉として行くのだ。

その名前、忘れないようにしなくちゃね。

ドアを叩く音がした。――来たのかしら？

「はい」

と、ドアを開けようとして、ハッとする。

良子の二の舞になっちゃ大変。

「どなた？」

と、声をかけると、

「回覧板です」

隣の原田百合の声である。

「あ、はいはい」

パッとドアを開けてから、有利は自分の格好に気付いて、しまった、と思った。

原田百合は、有利のイヴニングドレス姿を見て、目を丸くした。

「まあ！　伊原さん……ですよね」

「ええ、ごめんなさい、こんな格好で」

と、有利はあわてて言った。「会社の友だちにパーティへよばれて。凄くやかましい人なの、スタイルに」

「でも……すてきです！」

と、百合は見とれている。

「ありがと。で――回覧板は？」

「あ、そうだわ。私、すっかり忘れてた」

大した用事じゃないので、有利は手早くサインをした。

「じゃ、後でお隣へ――」

「私、持って行きますよ」

と、原田百合が言ってくれたので、

「そう？　じゃ、お願い」

と、頼むことにした。「ね、このスタイルのこと、アパートの他の人には内緒ね。

よろしく」

「分りました。でも――凄いわ」

と、原田百合がしきりに感心していると、

「あの……」

と、制服姿の男性がやって来て、「伊原さんはこちらで？」

「そうです」

「Kハイヤーです。お迎えにあがりました」

「どうも。あの――少し待ってて下さい」

原田百合は、ますます呆然として、有利を眺めている。

すると、そこへ――。

ドタッ、ドタッ、とうるさい足音をたてて……。妙な男がやって来た。

タキシード姿である。しかし、どう見ても生れて初めて着た、という感じで、窮屈そうだ。

誰だろう？　有利は、しかめっつらをしたその男に、どこかで会っているような気がした。

「ここか――」

と、その男は言って、「何だ。――見違えたぜ。やっぱり女だったのか」

思い出した！　山形の所で、赤いジャケットを着てブツブツ言っていた男だ。

「あんた、何の用？」

と、有利は言った。「それにその格好は？　仮装行列にでも出るの？」

「好きでこの服着てんじゃねえや」

と、男は言った。「これ、社長の手紙だ」

「山形君の？」

有利は、目をパチクリさせて成り行きを見ている原田百合から少し離れて、封を切った。

〈伊原さんへ
色々考えましたが、要はあなたの身が守れればいいわけでしょ？　例のものを渡す代りに、用心棒をお貸しします。黒岩は単細胞ですが、言うことは聞きます。ちゃんといざというときの『用意』もしていますから、ご自由にお使い下さい〉

山形の手紙は、

〈この間は会えて楽しかった。一度ゆっくり食事でもしませんか。山形〉

と、結ばれている。

有利は呆気にとられて、ふくれっつらをしている黒岩という男の方へ目をやった。

「用心棒って……あんたのこと？」

「そう書いてありゃそうだろ」

と、黒岩はふてくされている。「俺だって好きで来たんじゃない。大体、生意気な女は嫌いなんだ」

有利はムカッとしたが、原田百合が、まだ回覧板を手に突っ立っているのに気付いて、

「あのね……。お互い、好きで一緒に行こうってわけじゃない。でも、今夜のところは仕方ないでしょ」

と、言った。「それとも、あんた、社長の言いつけに背くの？」

黒岩は、ため息をついて、

「そういうわけにゃいかねえんだ。何しろ社長は命の恩人だから」

「へえ」

有利としては、この男の身上話にはあまり興味がない。それに原田百合がそばで聞いているので、あんまり妙な話はできない。

「じゃ、出かけるわ。あんた、下で待ってて」

と有利は言った。

黒岩は面白くなさそうではあったが、一応、

「分りました」

と、ていねいな口をきいて、階段をドタドタと下りて行く。

「お騒がせして」

と、有利は原田百合に笑いかけた。

「いいえ……。伊原さんって、ずいぶん色んなお知り合いがいらっしゃるんですね」

原田百合は、驚きを精一杯控えめな表現で言ったのだった。

――一旦部屋へ入ると、有利は、もう一度山形の手紙を読み返した。

「全くもう！」

あんな奴をよこして！

果たして役に立つものやら……。

しかし、今夜のところは、黒岩を拳銃代りに（？）連れて行くしかないだろう。

有利は、もう一度、鏡の前でスタイルをチェックした。――申し分ない（自分で言うのも変だが）。

メガネ。――そうか。これ、どうしよう？

やっぱりかけていない方がいい。コンタクトを作っときゃ良かったのだが、今からじゃ間に合わない。

有利はメガネを外し、バッグへ入れて持って行くことにした。メガネなしでも、明るい所なら、まあ何とか大丈夫。しかし、暗い所へ入ると、さっぱり見えなくなってしまうのである。

そのときはバッグから出してかけりゃいいか。——有利は、深呼吸をして、部屋を出た。正に「出陣」という気分だった。

ハイヤーは、行く先もちゃんと承知していて、有利と黒岩が乗り込むと、静かに走り出した。

乗り心地が全然違う。——ハイヤーといっても、ロールスロイスである！

この車を一晩借りるだけだって、安くはあるまい。

黒岩も、珍しげに車の中をキョロキョロ見回している。

「ちょっと、落ちついてよ、みっともない」

と、有利は言った。「私は大金持の未亡人なんだからね」

「未亡人？　『貧乏人』じゃねえのか」

と、憎まれ口をきく。

「あんたは、私を守るのが役目よ」

「分ってらあ」

黒岩は、腕組みをした。「いざってときは、お前の代りに死ね、と言われて来てるんだ」

「よろしく」

と、有利は言ってやった。「後でお線香の一本ぐらいあげてあげるわ」

車は、滑るように夜の町を駆け抜けて行く。少しもスピードが出ているように感じられないのに、他の車をスイスイ追い越して行くのは、何となく不思議な感じだった。

「——どこへ行くんだ？」

と、黒岩は言った。

そうか。一応、説明しておかなくちゃ。面倒なこと！　拳銃貸してくれりゃ、こんな説明しなくてもすんだのに。

「会員制のクラブ。高級な場所なの。いい？　変な言葉づかいしないでよ」

「黙ってりゃいいんだろ」

「そう。——それから、私は、中で『仕事』があるの。あんたは、中に入ったら、私から離れて。目につかないように、私のことを気を付けててね」

「難しいこと言ってくれるぜ」

と、黒岩はため息をついて、「分ったよ。ちゃんとやるから、安心しろ」

「頼もしいこと」

——二人がやり合っている間に、車は静かな高級住宅地へと入って行く。

都心に、こんな静かな場所があるのか、と驚くようである。

堂々たる門構えの前で、車は停った。

門の両側に立っていたガードマンの一人が近付いて来て、会釈した。窓を下ろすと、

「失礼ですが――」

有利はメンバーのカードを見せた。ガードマンは手にとって確かめると、

「結構です。――どうぞお入り下さい」

カードを返し、敬礼する。悪い気分ではない。

門が開けられ、有利たちのロールスロイスは静かに中へ乗り入れた。

いよいよだわ！――有利は一瞬、身震いした。グオーッと音がして、見ると、黒岩がいつの間にやら、居眠りしていた。

クラブの建物は、相当に古いものだった。

どっしりとした石造り。前庭というか、車寄せまでが結構ある。その間は木立ちで遮られて、建物が表から見えないようになっているのだった。

ドアをちゃんと金モールの制服の少年が開けてくれる。

「どうも」

と、有利は微笑んで、できるだけおっとりした様子で車を降りた。

「いらっしゃいませ」

と、正面に立っている白髪の紳士が言った。「伊藤百合江様でいらっしゃいますね」

「ええ。今夜初めてですの。どうぞよろしく」

「私は、こちらのお客様のお世話をさせていただいております、野田《のだ》と申します」

「野田さんね」

「何なりとお申しつけ下さい」

よく名前が分ったもんだ、と思ったが、たぶん、あの門の所のガードマンから、連絡が入っているのだろう。

「私の連れで黒岩さんです。メンバーじゃありませんけど」

「差し支えございません。――どうぞ。ご案内申し上げます」

正面の扉は大きく開け放たれている。

有利と黒岩は、野田という、黒いタキシードがいかにもピシリと身にあった男について、建物の中へ入って行った。

靴のまま、大理石を敷いた廊下を歩いて行くと、どこからか音楽が聞こえて来る。

「もう、大勢の方々がいらしております」

と、野田が言った。「ご存知の方も、いらっしゃるのでは？」

「どうかしら。――夫が亡くなるまで、あんまり外へ出なかったものですから」

「さようでございますか。このクラブの会員の方々は、みなお仲間でございます。お気軽にお声をおかけになって下さい」

「そうしますわ」

と、有利は微笑んで肯いた。

我ながら、意外なほど、この役割をうまくこなしている。いや、もちろんまだ始まったばかりだが……。

しかし、有利は、今本当に〈伊藤百合江〉となって、近付いて来る音楽と、パーティのざわめきに、胸のときめいているのを覚えるのだった。

「――こちらでございます」

野田が、大きなドアを開けると、音楽とにぎやかな話し声が、ワッと広がって有利を包む。

中へ入る。――白い制服のボーイが、

「お飲み物を」

と、色とりどりのカクテルをのせた盆を差し出した。

有利は、適当に一つを手に取って、パーティを見渡したのである。

11　開かないドア

ふっと、有利は本来の「仕事」を忘れそうになる自分に気付いて、

「しっかりして！」

と、言い聞かせた。

パーティは、徐々ににぎやかさを増しつつある。時とともに客が到着し、ふえて行くのだ。

タキシードの紳士、大胆に背中のあいたドレスの美女（は少ない、さすがに）……。

日本にも、こんな世界があったのね、と有利は感心した。見知った財界の著名人も何人か見える。もちろん、有利が一方的に新聞や週刊誌で知っているというだけだ。

あの黒岩という「用心棒」、ちゃんとこっちを見ているかしら、と振り向けば、何のことはない。中央の大テーブルに並ぶ、料理の数々を皿にとって夢中で食べている。

あれじゃ、ちっとも役に立たない！

それに、あの食べ方！　欠食児童ね、正に。

「失礼」

と、声をかけられて、有利は、

「は？」

と、顔を向け、はて、どこかで見たようなと首をかしげた。

「どこかでお会いしたことが？」

と、その男は言った。

「さあ、どうでしょうか」

と、有利はいささか気取ったしゃべり方をした。「ここは、今夜が初めてなんです」

「そうですか。しかしお美しい」

と、そのきざな男は言った。「当然、どなたかお連れの方が……。しかし、少し時間を割いて下さっても、ばちは当らないと思いますが」

「はあ」

と、有利は言った。「もし、よろしければ……この中を、案内していただけます?」

「喜んで」

白のタキシードに赤の蝶ネクタイ。五十は過ぎているだろうが、なかなかのダンディである。

「私、伊藤百合江と申します」

「これは申し遅れました。笠野速雄といいます」

笠野速雄!——思い出した!

あの婦人服売場で晶子に散々嫌みを言っていた女の亭主だ!

タキシード姿、それに有利もメガネをかけていないので、すぐには分らなかったのである。——それにしても、こんな所で会うとは。

「あの——」

と、促されて、建物の中を歩きながら、有利は言った。「そちらは、お一人ですの？」

「鬼より怖い妻が一緒です」

と言って、笠野は笑った。「しかし、妻は女同士で楽しんでおりますよ」

「はあ」

「この奥が、リラクゼーションルームになっています」

と、笠野は言った。

食べたり飲んだりするだけが、このクラブの目的ではないということを、有利は知った。

意外なほど建物は広く、天井が見上げるほど高い広間には、思い思いの向きにソファが置かれて、一人パイプをくゆらす者、ヘッドホンで音楽を聞く者、ただ居眠りしている者……。色々といる。

「こちらで、休息をとることができるのです」

と、案内に立った笠野速雄が言った。

「なかなか広いんですのね」

そう大したことはない、という口調で有利は言った。

「この階段を下りますとプールがあります」

大理石の、広い階段を下りて行く。

地下がびっくりするほど広く、明るく、ガラス越しに、青く澄んだ色のプールと、その周囲のデッキチェア。泳いでいる人も、四、五人いた。

「泳がれますか」

と、笠野が言った。

「水着がありませんわ」

「貸してくれます。もちろん、デザインも色々ですよ。もっとも――」

笠野は、意味ありげに微笑むと、「パーティも終り近くなると、何も着ないで泳ぐご婦人方もおられるようです」

「はあ……」

「こちらがサウナ。――向うは女性用エステティックサロン」

PR係よろしく、説明も堂に入ったものである。

「落ちつけそうですわね」

と、有利は言った。

「失礼ですが……今夜はお一人で？」

と、笠野が歩きながら訊く。

「いえ、一応、連れはいます」

食べてばっかりで、役立たず！

「ご主人ですか」

「いえ。――私、主人を先ごろ亡くしたんですの」

「それはそれは」

と、笠野は足を止めると、「さぞかし傷心のことでしょうに。何とも失礼なことを申し上げげました。お許しを」

そう言うと、笠野は有利の手を取って、その甲に唇をつけたのである。――有利の方が照れて赤くなる。

アホかね、こいつは。キザも限度ってもんがある！

「上へ戻りましょう」

一階へ戻ると、今度は、二階へと階段を上って行く。

「二階は何が？」

「個室です」

有利はドキッとした。沢本徹夫は、気分が悪くなって、ここの〈個室〉で寝ているところを殺されたのだ。二階とは聞いていないが、たぶん、そのどれかなのだろう。

有利は気持を引きしめて、階段を上って行った。

〈個室〉は、沢山あった。

広い廊下に、ズラッとドアが並んでいる。

「一つ一つは、そう広くないんですね」

ドアの間隔を見て、有利は言った。

「もちろんです」

と、笠野は肯いて、「この個室は、原則として、パーティに疲れた会員が、一人で休むための場所ですから。——原則として、ですが」

と、強調するところが、あざとい。

「例外もある、というわけですね」

と、有利はチラッと流し目などして見せた。

笠野はパッと顔を輝かせて、

「その通り！　いや、実に貴女はのみ込みがお早い」

誰だって分るわよ、そんなこと。

「つまり、一人と言っても差し支えないほど、互いに信じ合った二人なら構わない、ということでしょ？」

「おっしゃる通り！　実に詩的な表現でいらっしゃる」

文法的に変ですわよ、と内心言って、有利は一つ一つのドアを眺めて行った。

ノブの先端に赤い小さな灯がついているドアばかりだ。

「混雑しておるようですな。あの灯がついていると、〈使用中〉ということで……」

どの部屋も空いていないので、笠野は残念そうである。

ふと、有利は足を止めた。個室のドアの一つ、ノブに何とも無粋な〈立入禁止〉の札が下っていたのである。

「ここは何ですの？」

と訊くと、笠野は少しあわてたように、

「さあ、そこは――」

「〈立入禁止〉ですって。面白そう。私、こういう所へ入ってみたくなるんです」

「いや工事中なんですよ、そこは。そう。きっとそうです」

すぐ出まかせと分ることを言っている。――見かけほど、頭の中はスマートじゃないのだろう。

「でも覗いてみたいわ」

ツカツカと歩み寄り、有利はそのドアを開けた。

「キャッ！」

中にはお化けが――いや、人がいた。

「失礼」

と、有利は言った。「こちら〈立入禁止〉では？」

「そ、そうなの」

と、あわててドレスの乱れを直しているのは……。「あら、あなた」

そう笠野貴子なのである。

もちろん、一人で中にいたわけではなかった。焦って蝶ネクタイの曲りを直してい
るのは、どう見ても、二十代の青年。

「お前……」

笠野が、顔を真赤にして、妻の貴子をにらみつけた。

有利は——いや、ここでは〈伊藤百合江〉で通しているわけだが——興味津々の気
分で見物していた。

妻の浮気現場を押えた夫。こんな場面は、TVじゃよくあるが、現実に出くわすこ
とはめったにあるまい。将来のために（?）しっかり見ておこう。

ところが、笠野速雄よりは、妻の貴子の方が一枚上手。

「お前……何してたんだ!」

と、夫が顔を真赤にしてにらみつけるのをサラリとかわして、

「こちらはどなた?」

と、有利の方へ目を向けたのである。

「初めまして」

と、有利は会釈して、「伊藤百合江と申します。今日、初めてこちらへ伺ったので、

ご主人にあちこち案内していただいてましたの」

「あら、そうですの」

貴子はニッコリ笑って、「主人は、そりゃあ美人にはやさしいんですのよ。ねえ、あなた？」

「お前、それは――」

「それに、特にこの辺の個室については、とても熱心に案内してくれると思いますわ」

どうやら、笠野の方も、妻の目を盗んで個室を利用しているらしい。それをちゃんと見ぬいているのだ。

笠野はぐっと詰って、

「別に……そういうわけではない」

と、口ごもった。

「どうぞよろしく」

と、貴子は有利の方へ親しげに寄って来る。

大した度胸だわ、この女、と有利は感心した。相手をしていた若い男は、あたふたと個室を飛び出して行く。

一人、苦虫をかみつぶしたような顔でいるのは、笠野だった。

「ここはどうして〈立入禁止〉になっているんですの？」

と、有利は部屋の中を見回した。

そう広い部屋ではない。たぶん、どの個室も同じような造りなのだろう。

細長い部屋で、中にはソファとテーブル。それに植物の鉢と、小型のTV。小さな冷蔵庫は、飲物でも入れておくのだろう。

窓も何もないので、正に「密室」である。

「別にどこも壊れてないようですけど」

と、有利が言うと、

「あら、あなた。ご説明しなかったの？」

と、貴子が夫を見る。

「そりゃ、お前……。あんまり気持のいい話じゃないからな」

「そんなこと。今は平気よ。ねえ」

「はあ」

「ここでね、人が殺されたんですの」

貴子は、何だか楽しげな口調で言った。

やはりそうか。沢本徹夫がここで殺されたのに違いない。

「まあ怖い」

と、有利は気の弱そうな反応を見せた。

「もうずいぶん前なんです。でも犯人も見付かってなくて。それで、ここはずっと〈立入禁止〉にしてあるんですわ」

と、貴子が言った。

「お前はどうしてその〈立入禁止〉の部屋へ入ってるんだ？」

と、笠野がいやみを言った。

「私ね、霊感があるの」

「何だ？」

「霊感。だから、ここにいれば、殺された人の霊が話しかけて来るかもしれない、と思ったのよ」

「男と二人でいたのは？　あれがまさか幽霊だったと言うんじゃあるまい」

貴子は、皮肉に負けて赤くなるような心臓の持主ではなかった。

「心細いでしょ。やっぱり一人じゃ。それであなたを捜したけど、あなたはこのきれいな方を案内して歩いてて、見付からない。それで、たまたま近くにいたあの人に、一緒にいてくれって頼んだの。そうなのよ」

凄いこじつけだ。——それだけじゃ、ドレスが乱れてたり、あの若い男があわてて逃げ出した理由にはならないと思うのだが、笠野の方にもどうやら弱みはあるようで、この辺で手を打つことにしたらしい。

「まあ、こういう場所へ入るのは良くないぞ。いいな」

と言って、貴子を促す。

「そうね」

貴子は涼しい顔で、「結局、何も出なかったわ」

その「幽霊」の本物に、有利は会っているわけである。

「よく気味が悪くないな」

と、廊下へ出てドアを閉めながら、笠野は言った。

「あら、もう死体があるわけじゃないんだし」

と、貴子は気にもしていない。

すると、そこへ、

「どうなさいました？」

と、声がして、やって来たのは初めに有利を迎え入れてくれた、野田という白髪の紳士。

「ああ、君か。いや、家内がね。ついうっかりして、この〈立入禁止〉の札に気付かずに中へ入ってしまったんだ」

あの大きな札が目に入らないわけがない！

しかし、野田の方は、そんな表情は全く見せず、

「さようでございますか。しかし――どうやってお入りになりました？」

「ドアを開けて入ったの」

と、貴子が当り前の返事をした。

「鍵はかかっておりませんでしたか？」

と、野田が不思議そうに言う。

「ええ、開いてたわよ」

と、貴子が肯いた。

「それは奇妙です」

野田は、〈立入禁止〉の個室の前に立って、「ここはずっと鍵をかけて、入れないようにしてあったはずです。鍵は、ここの管理室に保管してございますし、誰も持ち出せないはずなのですが」

「でも……開いてたのよ」

「さようでございますか。すると――『中から』誰かが開けたのかもしれません」

中から？――有利は、さりげない野田の言葉に、貴子が青ざめるのに気付いた。

このおじさん、結構ユーモアのセンスがあるわ、と有利は思った。

「野田君、家内が怯《おび》えているじゃないか。そういう妙な言い方はやめてくれ」

と、笠野が顔をしかめて言うと、貴子の方もここぞとばかり、

「あなた……」

と、夫の肩によろよろともたれかかり、「私、怖いわ……」

「よしよし。下へ行って休もう。何かアルコールでも入れれば……」

「しっかり抱いて」

「うん」

二人して、階段の方へ行ってしまう。

有利は、呆気《あっけ》にとられて見送っていたが、やがて野田の方へ顔を向けると――。

「失礼いたしました」

野田は真面目くさった顔で、「あのお二人は大変演技巧者なご夫婦で」

有利はふき出してしまった。――面白い人だ！　すっかりこの野田という男が気に入ったのである。

「なかなかユニークな方が集まっておいでなんですね」

「ユニークとは、大変好意的表現でございます」

「確かにね。でも――この個室で人が殺されたというのは、本当なんですの？」

「はい」

野田は肯いて、「私の経歴上、最大の汚点となりました」

「私は、とても時間を持て余していますの」

有利は、好奇心にかられた未亡人、という表情をうまくこしらえて、「よろしかったら、詳しいことを聞かせていただけません？」

野田はていねいに頭を下げ、

「結構ですとも。ただ——あと一時間ほど、おいでのお客さまがふえますので、その後ということでは」

「もちろん、OKよ」

有利のウインクに、野田はニッコリ笑ったが、ふと、問題の個室のドアへ目をやると、

「しかし……どうして鍵があいてたのかな」

と、呟いたのだった。

12　美しい客たち

変なパーティだわ。

有利は、一旦〈個室〉のフロアから、広間へと戻って来た。

笠野が、このクラブの中をあちこち案内してくれている間に、大分客がふえたとみ

えて、一段とにぎやかになっている。

しかし、有利などには信じられない。誰かのお祝いとか、何かの記念とかでパーティがあるというのならともかく、こんな風に、ただ週末というだけでパーティがあるというのは……。

いや、今夜はこのクラブの十周年を記念したパーティだが、普段でも、これに似たことをやっているわけだ。——どうして世の中には、こんなに沢山ヒマな人間がいるんだろう?

有利は、素朴な思いに捉えられていたのだった。

グスン、グスン……。

何だか変な声というか音がして、キョロキョロと見回すと、観葉植物のかげに隠れるようにして立っている女が、なぜか知らないが、グスグス泣いているのだった。

「あの——どうかなさいました?」

余計なお世話かとは思ったが、どうせ時間もあるので、声をかけてみると、

「あら……。初めての方ね」

と、急いでハンカチで目頭を拭ったのは、三十代の半ばくらいかと思える、いかにも、「金があってヒマもある」という女性。

まあ、着ている物も上等だが、一応「美人」の部類に入りそうな顔立ち。

「ええ。伊藤百合江と申しますの。夫を亡くしたばかりで……」

ごく自然に、仮の名前が出て来る。

「まあ、ご主人を？　それはおめでとう——いえ、お気の毒ですこと」

と、妙な間違い方をして、「私、佃沙江子《つくださえこ》といいます」

「どこか、ご気分でもお悪いのかと思って、声をかけたんです」

「まあ、ごめんなさい。そんなんじゃないのよ」

と、佃沙江子という女性は首を振って、「私、アルコールが入ると、つい昔のことを思い出して、涙もろくなっちゃうの」

「そうですか。じゃ、いいんですけど」

「思い出すの。ここへ来ると」

と、佃沙江子は、もう有利の存在など関係ない、といった様子で、「私の恋人がね、ここで命を落としたのよ」

「え？」

と、有利は面食らって、「恋人って——」

「ああ、もちろん、私、主人も子供もいるのよ。でも、ここで彼と知り合って、恋に落ちたの。分るでしょう？　もう一度青春がやって来るのよ。そのすばらしさ！」

しかし、有利は、佃沙江子の個人的感慨には余り興味がなかった。

「いま、『命を落とした』とおっしゃいました?」

「ええ」

と、佃沙江子は肯いて、「上にある〈個室〉で、誰かに殺されたんです。何てむごいことかしら!」

と、またグスグス泣き出す。

殺された。当然それは……。

「何という方ですの、その恋人は?」

と、有利が訊く。

「沢本さんといいました。沢本徹夫……。彼の死んだ日に、私、ここへ来ていたんです」

あの沢本だ! でも「恋人」とはどういうこと?

「とてもすてきな人だったんでしょうね」

と、有利は言った。

「そりゃもう……。うちの主人とは月とスッポン」

「はあ……」

「あのとき、主人がニューヨークへ行ってなかったら、私、主人が殺したのかと思うところでしたわ」

「あの——その人とは、つまり、沢本さんという人とは、そんなに親密でいらしたんですの？」

「ええ。二人でよくここの〈個室〉へこもって——。あら、いやだわ。こんなこと、私一人の胸にじっとしまっておかなきゃいけなかったのに」

佃沙江子はそう言うと、「泣いたら、お腹が空いちゃった。失礼して、お料理をいただくことにしますわ」

「どうぞ……」

有利は、佃沙江子が、テーブルの料理をたっぷりと皿にとり分けて、猛然と食べるのを眺めていたが……。

沢本があの女と？——良子さんって人がありながら！

「けしからん！　出て来な。ぶん殴ってやるから」

と、周囲をにらみつけてやった。

たまたま目の合った人が、ギョッとしていたが、沢本がそばにいる気配は全くなかった。

あんな奥さん相手に遊んでるようじゃ、殺されても文句言えないんじゃないの？

有利はともかく、まずあの女と、その夫（ニューヨークへ本当に行っていたのかどうか）を、頭へ入れておくことにした。

それはそうと。……あの〈用心棒〉はどうしたんだろう？

有利は、料理を足している、若いお手伝いの子に、

「ごめんなさい」

と、声をかけた。「この辺でずっと熱心に食べてた男の人、知らない？」

「この辺で？——あの、凄い勢いで口へ放り込んでた人ですか？」

「そう、それ」

「隣の小部屋でお休みになってます」

と、手伝いの子は笑いをかみ殺して言った。

役に立たない〈用心棒〉だわ、と有利は思った。

「どこの部屋？」

「出て左の、すぐのドアです」

と、お手伝いの子は言って、「でも——」

「開けない方が……。一人ならいいんですけどね」

「何？」

と、意味ありげなセリフ。

「どういう意味？」

「もしご覧になりたければ……。ああ、もうすんだのかしら」

と、お手伝いの子は、首をのばして、

「さっき、あの子と一緒だったんですよね」

みれば、二十歳そこそこの若い娘が、小間使いスタイルで、広間へ入って来る。しきりに髪やスカートを直していた。

「あいつ……」

有利は、呆れてものも言えない。

「でも、前はすごいプレイボーイがいたんです。ここでバイトしてる子なんか、みんなポーッとなっちゃって」

「前は、というと……もういないの？」

「ええ、殺されちゃったんです。この上の〈個室〉で」

またしても！

沢本のことに違いない。佃沙江子だけでなく、そんな若い子にも手を出してたのか！

「どんな人だったの？　あなたもお付合いしてた？」

「ええ」

アッサリ肯定されて、有利の受けるショックは、ますます大きくなった。

プレイボーイね……。良子さんは何も知らなかったんだわ。

——どうしよう？

有利は、本当のことを良子へ告げるべきかどうか、迷った。そんな男のために命を狙われたりするんじゃ、馬鹿らしい。

「じゃ、誰が殺したのかしらね」

と、有利が言うと、相手の女の子は急に有利の腕をつかんで、

「私、犯人を知ってるんです」

と、言った。

「え？」

「あそこに立ってる人——ほらタキシードの人、いるでしょ」

有利は、人の合間にチラッと見える白いタキシードに目を止めた。

「若い人ね」

「ええ。あの人、ここで働いていた子に熱を上げてて。でも、その子が沢本さんに——その殺された人、沢本っていうんですけど、ポーッとなっちゃったんで、凄く怒ってて」

「そう……」

「きっと、あの人だと思うんです、犯人」

見たところ、三十そこそこか。その男はえらく不機嫌な顔で、広間の中をにらみつ

けているのだった……。

「あれ、何ていう人？」

と、有利は訊いた。

「金子《かねこ》さんっていうんです。見るからにもてそうもないでしょ？」

そうね、とも言いにくいので、有利は曖昧《あいまい》に笑っておいた。

「私だって、金子さんと比べたらね。そりゃ沢本さんの方へ行っちゃうわ」

と、手伝いの女の子は言った。「でも、まさか幽霊と恋人になるわけにもいかないし」

有利はそれを聞いてドキッとした。

「あなた、幽霊を見たの？」

「まさかあ！　そんなことあったら、怖くって、働いてられませんよ」

どうかしらね。この子なんか、却《かえ》って面白がりそうな気がする。

「でもね」

と、その女の子は少し声をひそめて、「問題の個室、沢本さんの殺された部屋ですけど、そこ、今は閉め切りになってるんです。でも、ときどき妙な声が聞こえて来るとかって……」

それは不思議でもない。何しろさっき、笠野貴子も「利用」していたのだから。

「もしかすると、殺された沢本さんがお化けになって出てるのかも」

と、女の子は楽しげに言って、「でも、沢本さんのお化けなら、会ってみたいな、私」

「会っても、大して面白いことなんかないわよ」

「は？」

「何でもないの。こっちの話」

と、有利は言った。

何だか、すっかりやる気を失ってしまっている。沢本が、そんなプレイボーイだったとは——。

帰って、山野辺良子に何と言えばいいのだろう？

もし、犯人を見付けたとしても、それが沢本に捨てられた女か何かだったら……却って良子を悲しませることになりかねない。

そう。——パーティには出たけど、結局何もつかめなかった、ということにしておいた方がいいかもしれない。

良子も、一度はがっかりするかもしれないが、彼女には「アイちゃん」がいるのだ。その内には、沢本のことも忘れて行くだろうし……。

「何かお飲みになりますか」

と、女の子に訊かれて、

「ありがと。水割り」

と、有利は答えていた。

あの用心棒の黒岩は、と見れば、またテーブルの料理を食べまくっている。何て奴だろ！

有利はやけに腹が立っていた。——そのとき、有利はパーティ会場が、スッと静かになるのに気付いた。——どうしたんだろう？　客たちが一様に話をやめ、同じ方向へ目をやっている。

「どうぞ」

グラスを渡されて、有利は我に返った。

「あ、どうも……」

有利は、「その二人」から目をはなさずに、グラスを受け取ると、「あの人たち、どなた？」

と、低い声で訊いた。

「知らないんですか？　綾野《あやの》様ご夫妻です」

「綾野？」

「ええ、すてきなカップルでしょ？　あれこそ、パーティの『華』ですよね」

と、女の子がため息をつく。

——年齢は決して若くない。

二人とも四十は過ぎているだろう。しかしどちらもスラリとして、かつ美しい！

「美しい」と言いたくなるほどの男性は珍しいだろうが、確かに美形。

少し外国人の血が入っているのかと思える顔立ちの彫りの深さ。そして優雅なものごし……。

夫人の方は、顔立ちも端正だが、何といっても身につけた雰囲気のエレガントなこと！——かなわん、という感じである。

いくら有利が頑張っても、「にわか上流夫人」じゃ、太刀打ちできない。

黒のイヴニングドレスが、まるで普段着のように気軽に似合ってしまっているのだ。

「へえ……。たいしたもんね」

と、有利は呟いた。

見知った顔と、会話を始める。やっと、パーティももとのにぎやかさに戻った。

「ああ、やれやれ」

と、「美」に全く何の感動も持たないらしい黒岩が、息をついてやって来た。

「ご満足？」

「ああ！　もう入らねえや。もったいないな。残った料理はどうするんだ？」

「知らないわよ」

と、有利はにらんでやった。「あんた、大体何しにここへ来たと思ってんの?」

「分ってるよ」

と、黒岩は涼しい顔をして、「だって、あんた、無事でちゃんと足もついてるじゃねえか」

「そんなこと言ってんじゃないわよ。ここの女の子を引張り込んだりして！」

「あれ？　どうして知ってんだ？」

「ちっとはつつしんでよね」

「向うが誘って来たんだぜ。それを断っちゃ失礼だ」

「失礼って顔してないわよ」

と、有利は言ってやった。

「で、もう帰るのかい？」

「これからよ、夜は」

と、有利は言った。

あの野田から、沢本が殺されたときの事情を聞かなくてはならない。

気は進まなかったが、ここでやめるわけにもいかなかった。

綾野夫妻は、あちこちの客たちと、すこしずつ言葉を交わしながら、有利のいる方へと近付いて来た。

有利が少々ドキドキしたのだから、いかにその二人が「凄い」か分るというものだ。

「いい女だな」

と、黒岩もさすがに綾野夫人に目を止めている。

「しっ！　変なこと言わないで」

と、有利はにらんでやった。

「——失礼ですけど」

と、綾野夫人の方が有利に声をかけて来た。

「はあ」

と、何だか間の抜けた声を出して、有利は後悔した。

「初めてお目にかかるようですわね」

「伊藤百合江と申します。今夜、初めてなんですの」

「まあ、新しいお仲間ね。どうぞよろしく。私、綾野菊江《きくえ》といいます。これは主人ですの」

「このクラブへようこそ」

と、その紳士はにこやかに微笑んで、有利の手を取った。

有利はカッと頰が熱くなるのを覚えて——馬鹿みたいだわ、と思いつつ、

「よろしく」

と、頭を下げていた。

「お一人でいらっしゃるの？」

と綾野菊江が言った。

「ええ。先ごろ主人を亡くしまして」

有利はそばに立っている黒岩を完全に無視して、言った。

「まあ、それはどうも――」

そのとき、本当に偶然なのだが、有利はその綾野夫人の背後に目をやって、何となく不自然な動きをしている人間に目を止めた。

男――さっきの女の子が言っていた、金子という「不機嫌そうな」顔の男である。

何してるのかしら？

人間、ごく当り前にぶらついているのと、何か目的があって歩いているのでは、全く違うものである。

一つには、有利がデパートで働いていて、万引きなどを見慣れているせいかもしれない。いや、本当に、店員にもすっかり顔を知られていて、それを当人も知っているのに、年中やって来る常習犯というのが、いるものなのである。

今の金子の動きは、どこか不自然な、わざとらしい「さりげなさ」を示していた。

何をするつもりなのか……。

金子は、綾野夫妻の後ろに来て足を止めると——ポケットから、光るものを出した。

ナイフだ！

それを低く構えて、綾野菊江の背中へと——。

「危い！」

有利は叫んで、綾野菊江をパッと押しのけると、グラスのウイスキーを金子の顔に浴びせかけた。

13　感謝のしるし

「本当に、何てお礼を申し上げていいか」

と、綾野菊江が言った。

「いえ、どうぞご心配なく」

と、有利は言った。

「全く、あなたがおられなかったら、今ごろ妻の命はなかったのです」

と、綾野宏一が言った。

夫の方の名前が「宏一」というのだと、有利は初めて知った。いや、下手すりゃ、知らずに有利の方があの世行き、ってことになりかねなかったのである。

「大丈夫ですか？　病院へ行かれた方が……」

と、菊江が覗き込むようにして言った。

「いいえ。私、石頭なんです。こんなもの、ただのコブですから」

――有利は、綾野菊江を背後から刺そうとした金子にウイスキーをぶっかけて、菊江を救ったのだが、金子がそのまま止まらずにぶつかって来て、おでこ同士、いやというほど打ちつけてしまったのである。

で――金子のほうは気絶。有利は目が回ったものの、倒れもせずにすんだ。正に「石頭の証明」である。

今、有利は例の「個室」の一つでソファに横になっていた。

「失礼いたします」

と、あの野田という白髪の男が現われる。「金子様が息をふき返されましたが、いかがとりはからいましょう」

綾野夫妻が顔を見合せると、

「このことに関しては、我々に任せてくれたまえ」

と、綾野宏一が言った。「今、彼はどこに？」

「従業員用の休憩室でございます」

「分った。逃げないように見張っていてくれないか」

「ご当人も、逃げる元気はお持ちでないと存じます」

と言って、野田は退室して行った。

「――伊藤さん」

と、綾野は有利の方へ向くと、「これはお願いなのですが……」

「はあ」

「今夜の出来事を、忘れて下さいませんか」

有利は目をパチクリさせた。

「忘れろって……」

「本来でしたら、金子は警察へ突き出さなくてはなりません。しかし一方、世間の目というものがあります」

「でも――奥さまは殺されるところだったんですよ」

菊江の方を見ると、じっと目を伏せて立っている。

「確かに、金子は馬鹿なことをしました」

と、綾野は言った。「しかし、妻にもその責任の一端があることも、否定できないのです」

「あなた……」

と、菊江が頬を染めた。

どうやら、綾野菊江は実際にあの金子という男と浮気か、それに近いことをしていたらしい。

有利の目の前で、「美しい夫婦」のイメージはガラガラと崩れて行った。

「この方に納得していただくためには、正直にお話しするしかないじゃないか」

と、綾野は妻に言った。「この方だって、下手をすれば、お前の代りに刺されていたかもしれないんだ」

「分ってます」

と、菊江は言って、唇をかんだ。

「大体お前がいつも男に色目を使いすぎるんだ。何回トラブルを起こしてもこりないんだから」

と、夫の方は言いつのる。「あの男のときだってそうだ。ちょっと若くていい男と見ると、何気なく気を引いて。あの男も殺されちまったじゃないか」

「それは私のせいじゃありません！」

と、夫人がむきになって言い返す。

「分るもんか！　結局犯人は出なかったんだ」

「でも、あの人とは何もなかったわ」

「お前は、金子のときもそう言った」

「――あの、ちょっと」

と有利は言った。「夫婦喧嘩《げんか》でしたら、よそでお願いします」

「いや、お恥ずかしい」

と、綾野は言った。「何とお詫びしていいか……」

「それはいいんですけど……」

「金子のことについては、何もなかったことにしていただけますか」

「はあ……。あの――」

「いや、こちらとしても、決して無理をお願いするつもりはありません」

と、綾野は言った。「一千万でいかがでしょう?」

「は?」

有利は何が「一千万」なのか分らず、キョトンとしていた。

「いや、一千万では安い。よく分ります」

と、綾野は勝手に肯いて、「では三千万でどうでしょう」

「お金……のことですか」

「もちろんです」

有利は呆れ、かつ、この夫婦に完全に失望してしまった。

「お金なんかいりません。金子のことはそちらのご自由に。何も私が狙われたわけじゃないんですから」

と、言った。「ただ、一つ教えて下さい。今のお話に出てた、『殺された男』というのは？」

「あの男、何といったかな」

と、綾野が見ると、菊江は、

「沢本さんよ。沢本徹夫」

と、答えたのだった。

また出て来た！

沢本の奴、一体何人の女性と恋を語りゃ気がすむんだ？

「その人のこと、教えて下さい」

と、有利は言った。「実は遠縁の親戚に当るんですの」

「そうですか」

と、綾野は言った。「あの男は、ここのメンバーではなかった」

「そうよ。仕事でここへ来てたんだわ」

と菊江が言った。

「誰が呼んだんだ？」

「確か、あの人……。ほら、えらく若くて感じの悪い奥さんの――」

よく言うわ、と有利は思った。

「そうか、笠野さんだ」

「ええ、そうだわ」

有利は仰天した。――沢本が、あの笠野の用事でここへ来ていた？

その笠野と妻の貴子は、Nデパートの上得意。偶然にしても出来すぎている。

「で、その人はここで殺されたんですね」

と、有利は言った。

「そうです。大方、妻が他の男と競わせて煽《あお》り立てたんだと思いますよ」

と、またいやみを言っている。

「そんなんじゃないわ！」

と、菊江がヒステリックに叫んだ。

「ともかく、俺は金子に話をつけて来る。お前、何でもこの方の言うことを聞いてさし上げろ。命の恩人なんだから」

そう言って、綾野はさっさと出て行ってしまった。

取り残された菊江はペタッとソファに座り込むと、グスグス泣き出してしまった。

――美しい人は、それなりの振舞いをしてほしいものだ。有利はうんざりして来た。

「もういいから、泣かないで下さい」

と、言ってやると、

「主人はそりゃあひどい人ですの」

と、菊江が言い出した。「私のことなんかアクセサリーにしか思ってないんです。私が色目をつかったなんて言ってますけど、あの人の方が、そうなるように仕向けたんです」

「仕向けた？」

「私が若い男と口をきくようにお膳立てして、男の方が夢中になると、私が裏切ったと言って責めるんです。それが楽しいんですわ」

——全く、金持ってのは、何て変な人種なんだ！

有利は、咳払いして、

「一つ教えて下さい。沢本って人、何の仕事でここへ来たんですか？」

「沢本さんですか？　何か——そう、確か、笠野って人に何か頼まれていたんです」

「頼まれて？」

「ええ。——何の話だったのかしら」

肝心のこと、忘れちゃって！　有利は、この「美女」にますます失望していた。

休んでいる個室で一人になると、有利は改めて考え込んだ。

沢本徹夫が、とんでもないプレイボーイだったということは、どうにも否定しようのない事実のようだ。

少なくとも、あの佃沙江子という、グスグス泣いてた女、それから、ここで働いているお手伝いの子の証言。そして綾野菊江の話……。

ここまで揃うと、良子には可哀そうだが、沢本にとって良子は「何人もの恋人の内の一人」だったと考えるしかない。

「やれやれ……」

と、有利は呟いた。

とんでもないこと、引き受けちゃったもんだわ。——もし、これで沢本を殺した犯人を見付けたとしても、却って良子が沢本の「正体」を知る結果にならないとも限らない。

そう。あの金子って男、有利と「正面衝突」した男だって、沢本を恨んでいたと……。

待てよ、と有利は思った。

お手伝いの子は、金子がここで働いていた子に惚れていて、沢本がその子をとっちまったので、恨んでいた、と言った。しかし当の金子は、綾野菊江を刺そうとした……。

もちろん、その間に時間がたっているわけだから、そういうことだって、ないとは言えないだろう。しかし……確かめてみた方がいいかもしれない。

そうだ。野田なら——ここの客をすべて見て来ている野田は、その類のこともよく知っているだろう。

大分気分もよくなったので（大体、コブができただけなのだから）、有利は個室を出た。

すると、ちょうど当の野田がやって来たところで、

「おや、もうよろしいので？」

と、有利を見て訊く。

「ええ、後はコブが自然にひくのを待つしかないわ」

と、有利は言った。「ね、野田さん。さっき教えてくれるって約束だったでしょ。ここの個室での殺人事件」

「はい、憶えております」

「もう、その時間、できた？」

「結構でございますとも」

と、野田は軽く会釈して微笑した。「では、問題のお部屋でお話を？　その方がリアリティがございましょう」

有利はますます気に入った。

——例の〈立入禁止〉の個室へ入ると、野田は、

「何かお飲物をお持ちいたしましょう」

と、言った。

「でも——」

「ご心配なく。飲物はすべて無料でございますから」

と、野田は言って、「なに、ちゃんと高い会費の中に含まれておりますから」

本当に面白い人だわ。

有利は、野田が飲物を用意しに出て行くと、一人でつい笑ってしまった。

ここが沢本の殺された部屋かと思うと、あまりいい気持はしないが、特別に迷信深い方でもないし、それに、幽霊とはもう出会っているわけだ。

それこそ、今は沢本の幽霊に出て来てもらって、弁明してほしいくらいである。

有利は、野田が戻って来るのを待っていたが……。

十分ほどして、ドアがそっと開いた。

「あら」

覗いたのは黒岩である。「あんた、何しに来たの?」

「ご挨拶だな」

と、黒岩はむくれて、「俺はあんたを守るようにボスから言いつかってるんだ」

「そのくせ、役に立たなかったでしょ。金子に刺されそうになったとき」

「あれはあんたが刺されそうになったわけじゃないだろ」

「そんな理屈、通んないわよ！　現にこうやってコブまでつくってるってのに」

「俺は……。まあ、いくら俺でも、ああも突然じゃ、どうしようもないさ。責めちゃ可哀そうだ」

「自分で言う人があるもんですか」

やり合っている内に、何だか有利も笑い出してしまう。カッコばかりつけてはいるが、この黒岩という男、どこか抜けていて、何だか憎めないのである。

「——でも、遅いわ、野田さん。どうしたのかしら」

と、有利は腕時計を見た。

「野田？　ああ、ここへ着いたときに出て来たじいさんか」

「そう。ね、ちょっと見て来てよ」

「あいよ」

やはり、自分があまり役に立っていないというひけ目があるのだろう。黒岩は個室を急いで出て行った。

もう野田が飲物を取りに行って十五分。あの野田にしては遅いような気がする。

五、六分して、黒岩は戻って来た。
「どうした？」

「どこにもいないぜ、あのじいさん」

と、黒岩が言った。

「まさか！」

「本当さ。ちゃんと隅から隅まで捜したんだから」

確かに、黒岩はハアハア肩で息をしている。

「訊いてみるわ」

有利は、その個室を出ると、一階へ下りて行った。――野田と同じような格好の、頭の禿げた男が立っていたので、

「あの、野田さん、いらっしゃいません？」

と訊くと、その男は、

「野田はもう勤務時間が終って帰りましたが」

と答えた。

野田が帰った？

「そんなはずが……」

と、有利は口の中で呟いた。

「何かご用でございましたら、私がおうかがいいたしますが」

と、その禿げた男が愛想良く言った。

その愛想の良さは、いわば「営業用スマイル」で、内心何を考えているのか分らない、というところがあった。いや、少なくとも有利にはそう思えたのである。

デパートのベテラン店員として、人を見る目はあるつもりだ。

「いえ、大したことじゃないんですの」

と、有利は言って、少し考えていたが、「あの――車を回していただけます？　少し疲れましたので、もう失礼したいと思います」

「かしこまりました。伊藤様でいらっしゃいましたね」

名乗ったわけでもないのに、どうして有利の名前を知っているのだろう？

いや、逆に名前だけは、引継を受けて知っているとしても、それと顔が、どうして一致するのか。

「そうです。すぐ玄関へつけて下さいます？」

「はい、ただいま」

――黒岩は、不服そうに、

「何だ、もう少し食って帰ろうと思っていたのに」

「遊びに来たんじゃないわよ」

と、有利は言った。

ロールスロイスが玄関前で停った。

「ありがとう」

と、有利は言って、車の方へ歩いて行った。

黒岩も、もちろんついて来たのだが――。

「ね、運転手が違う人だと思わない？」

と、有利は低い声で黒岩へ言った。

「うん、そうだな」

「あんた、車、運転できる？」

「当り前だ。免許はないけど、トラックだって動かせる」

と、黒岩は自慢げに言った。

ロールスロイスは玄関から木立ちの間を抜けて、門へと向った。

「あら、忘れ物しちゃった。ちょっとここで止めて下さい」

と、有利は言った。

車が停り、運転手がドアを開ける。

「ありがとう」

有利が車を出ると、黒岩が続けて顔を出し、その拳が一発、運転手の顎にぶち当った……。

――三分後、ロールスロイスは門を出て、夜の道へと滑り出した。

「やれやれ」

と、運転手の制服を着た黒岩がぼやく。「ダブダブだぜ、この制服」

「そう。今、あんたがのした人は、その制服窮屈そうだったわよ……」

と、有利は言って、考え込んだのだった。

14　交際の問題

「ウアーオ……」

狼《おおかみ》の遠吠えじゃない。――有利の欠伸《あくび》である。

いささか（？）ロマンには欠けるが、ゆうべの冒険がロマンチックだったとしても、その後には疲労と寝不足が残るのだ。それが現実というものである。

「何よ、有利、眠そうね」

と、鈴木晶子が言った。

「晶子。お昼休み？」

「そうよ。さぼってるとでも思うの？」

――社員食堂は、大いににぎわっている。

デパートという職場、何といっても、女性の方が圧倒的に多い。こういう所でも、何となく男どもは小さくなっている感じ。

「伊原君」

と、上司の大崎が声をかけて来たが、有利は全然気付いていない。

「――おい、伊原君」

「有利、呼んでるよ」

晶子につつかれて、やっと、

「あ、そうか。――つい、『伊藤』の方に慣れちゃって」

「え？」

「何でもない。――はい、課長」

「昼休みがすんだら、外出だ」

「外出……ですか」

「うん。私服に着がえて、俺の所へ来てくれ。いいな」

「はい」

有利は目をパチクリさせていた。――外商でもないのに、出かけるなんて、珍しいことである。

「何かしらね」

と、晶子は言った。

「さあね」

有利はランチを食べながら、お腹一杯食べたら、眠っちゃいそう、とか思っていた。

——寝不足はあるとしても、有利が混乱していたのも事実である。

一体、ゆうべの出来事は何だったのか。

——何もかもが幻だった、という気さえする。しかし、あのパーティは確かにあったのだし、そこで会った人々も、実在していた。

そう。——佃沙江子とか、笠野夫妻、そして、金子という男(有利のコブは、もうひいてしまっていた)、そして綾野という「見かけだけの理想の夫婦」……。

あそこまではよかった。いや、良くはないが、少なくとも沢本徹夫に関して、筋は通っていた。

ところが……。最後になって、おかしくなって来たのだ。あの野田という男がいなくなってしまい、ロールスロイスの運転手は入れかわっていて、怪しい奴だった。

あのレンタル用心棒の黒岩も、あそこでは役に立った。もっとも、とんでもなく乱暴な運転をするので、有利はしばしば肝を冷やしたのだったが……。

「ね、晶子」

と、有利はランチを食べ終って、「この間の客、また来た？」

「この間の客って？」

「ほら……何てったっけ。晶子が叱《しか》られた——」

「ああ、笠野ね。あれから来ない」

と、晶子は顔をしかめて、「お会いしたくもないわ」

「分るわ。でも、旦那の方も紳士服の売場へ来てるんだし。——その内、『再会』しそうね」

「やめて。噂《うわさ》をすれば、とか言うじゃない。こっちが休みとってるときに、来てほしいわね」

晶子は、思い出しても腹が立つ様子である。

有利の方は、帰りに病院へ寄って、山野辺良子に会って行かなくてはならない。

——どう話したものやら、決めかねていた。

沢本がプレイボーイだった、という点は間違いなさそうだが、それもまだ伏せておこう。

でも——そうなると、パーティに出て、ろくな成果がなかった、ってことになる。

「——ごちそうさま」

と、有利は立ち上った。

「待って。ね、コーヒー飲もう」

「休憩室で?」

「うん」

二人して、お盆を戻すと、食堂を出て、ワンフロア下の休憩室へ。

休憩室は、タバコを喫う人と喫わない人とに分けられている。「喫煙組」の方の部屋は、壁の色も変っていた。

「コーヒー、買って来てあげるよ」

と、晶子が言ってくれたので、甘えることにした。

何しろ眠い！　コーヒーの一杯くらいじゃどうにもならないだろうが……。

TVが点《つ》いていて、短いニュースの時間。

ぼんやり眺めていると――どこかで見たような顔の写真。

「――殺された野田さんは、一人暮しで、仕事柄、帰りが遅く、自宅へ入ったところで、侵入していた犯人と出くわしたものと見られています……」

野田さん?――有利はパチッと目を見開いた。

今の写真！　あれは、あの野田だ！

「現場はかなり荒らされており、物盗りが目当てで侵入したものと……」

野田が殺された?

有利は、唖然《あぜん》として、TVの画面を見つめていた。

「——はい、コーヒー」

と、晶子がカップを置いてくれたのにも気付かない。「有利？」

「うん……」

と言ったものの、有利の顔からは、血の気がひいてしまっていた。

「大丈夫？　有利、どこか気分でも——」

と、晶子に言われて、

「うん、大丈夫。——ちょっとね」

と、わけの分らない返事をして、ブラックのままのコーヒーをガブ飲みする。

ともかく、気持を落ちつけたかった。

野田が殺されたなんて！

泥棒と出くわした、ということになっているようだが、本当だろうか？

ゆうべ、唐突にいなくなってしまったことと、あの怪しい運転手のことを考えると、
野田は計画的に殺されたのでは、という気がして来る。

もしかすると——有利に何かまずいことをしゃべっては、というので消されたのかもしれない。

ということは、有利自身も、「消される」可能性があったということかも……。

「伊原さん、お電話」

と呼ばれて、ハッとする。

「はい。——どうも」

と急いで駆けて行き、「もしもし」

「あ、僕、山形だよ」

「ああ、山形君。誰かと思った」

と、有利は息をついた。

「黒岩は役に立った？」

有利は、ちょっと迷ったが、一応、

「ええ、とても」

と、答えておいた。「話、聞いた？」

「うん。それでね、例のロールスロイス、返しに行くわけにもいかないから道ばたに放っといたんだ。もともと乗ってた運転手ね、殴られて、全然別の場所でのびてたんだよ」

「そう」

「びっくりしてないね」

「そう。まあね」

と、有利は言った。

「ね、あんまり物騒なことに首を突っ込まない方がいいよ」

「迷惑はかけないわ。また、例のもの、貸してくれない？」

「黒岩のこと？」

「人間付きじゃなくてもいいのよ」

「いや、何かあれば、黒岩をやるよ。また、どこかに出かけるの？」

「連絡するわ」

有利はそう言って、電話を切った。

動揺している。——野田の死。

遊びじゃないのだ。殺すか殺されるか、という勝負なのだ。

「——伊原君」

目の前に、大崎が立っていた。

「あ、課長」

「出かけるぞ。早く支度してくれ」

「はい。——どこへ行くんですか？」

と、有利は訊いた。

「この間会ったろ。笠野さんのお宅へ伺うんだ」

と、大崎が言った。

有利は一瞬、言葉が出なかった。

笠野の所へ？　もしかして、課長も笠野に買収されていて、一緒になって私を殺そうとしてるのかもしれないわ。——有利は、そう考えながら、いつの間にか大崎課長をにらみつけていたらしい。

「おい、何だよ」

と、大崎が顔をしかめて、「俺の顔に何かついてるか?」

「あ、いえ——そういうわけじゃ……」

有利はやっと我に返った。

そう。考えすぎだ。大崎が有利を殺して何の得があるだろう。

何しろ今しがた、野田が何者かに殺されたというニュースを見て、ショックを受けたところである。つい、悪いことばかり考えてしまう。

「早く支度しろ。約束の時間に遅れたら、また何を言われるか分らん」

「平気ですよ、あんなへナチョコ」

「何だ?」

「いえ、こっちの話です」

それにしても困った。ゆうべの今日である。会ったら、「伊藤百合江」の正体がばれてしまうのではないか。

しかし、課長が一緒に来い、と言うのを断るわけにもいかない。――どうしよう？

「じゃ、五分したら、下で待ってるからな」

と言って、大崎はせかせかと行ってしまった。

「有利。ご苦労様ね」

と、晶子がのんびりと言う。「ま、よろしく言っといて、あの『奥さま』に」

仕方ない。――ここは一つ、度胸を決めて、行くしかあるまい。

有利は急いで売場へ戻ると、自分のビニールバッグを手に、下へ下りた。

もし、ゆうべの「伊藤百合江」そっくりだと言われても、

「そんな人、存じません」

と、とぼけておきゃいいのだ。

他人の空似ってことも、この世の中にはある。ともかく、こっちがハラハラしていたら、却《かえ》って怪しまれる。

あくまで大崎の付添として、おとなしく後にくっついてりゃいいのだ。

そう心を決めると、有利は逆に、笠野と沢本の死の間にどんな関係があるか探るための、これが緒《いとぐち》になるかもしれない、とも思い始めていた……。

大崎は珍しく（?）タクシーを呼んでくれていた。もちろん有利のためではないが。

「――何ですか、それ？」

と、有利は大崎がわきにかかえている大きな包みを見て、訊《き》いた。

「これか？　布地のサンプルだよ」

と、大崎は包みを手で軽く叩《たた》いて、言った。「いくつかご指定があったのを、持っ
て来たのさ」

タクシーは、いつになくよく流れる都心の道を、軽快に走っていた。

「しかし、いいなあ、あの貫禄《かんろく》」

と、大崎は首を振って、「それに、あの奥さん、えらく若いじゃないか」

何を羨《うらやま》しがっているのやら。

「奥さんが若いと、それだけ苦労もあるんじゃありませんか」

「そうか？　いや、いくら苦労しても、やっぱり若い方がいい」

と、大崎はため息をついている。

有利はゆうべ、あのパーティでの笠野夫妻を見ているから、およそ幻想を抱くとい
う気分ではなかった。

「笠野さんのお宅って、どこなんですか？」

と、有利は、タクシーがどんどん都心のビル街へ入って行くので、不思議に思って
訊いた。

「ご自分でビルを持ってらっしゃるんだ」

と、大崎は言いながら、「ビルだぞ！　俺なんか、せいぜい冷蔵庫に缶ビールが入ってるくらいだ」

変な感動の仕方をしている。

「でも――」

「そのビルの最上階を住居にしておられるんだ」

「へえ……。じゃ、何とかいう――そう、ペントハウスですね」

「そうだ。大したもんだな。都会の夜を見おろしながら暮す、か。いい気分だろうな」

こんなごみごみして空気の悪い所になんか、住みたくもないけどね、と有利は思った。

「――ああ、そのビルだ」

と、大崎が言った。

タクシーが歩道へ寄って停り、大崎が料金を払っている間に、有利は先に降りて、そのビルを見上げた。

確かに――凄《すご》い。

総ガラス張りの、巨大な大理石みたいなビルである。――立派だが、超特大、ゴジラか何かの墓石みたいにも見えた。

「さ、入ろう」

大崎に促され、後について正面から入って行く。

広々としたロビー。四、五階分もあるかと思える吹抜けの高いこと！　真正面に、まるで裁判官の席みたいに、〈受付〉が鎮座していた……。

「笠野様のお宅に伺いたいんですが」

と、大崎が言うと、

「身分証明書をどうぞ」

と、垢抜《あかぬ》けした制服姿の受付嬢に言われ、二人してあわてて証明書を出す。

その写真と顔をジロッと見比べられて、次に電話で確認。何とも大げさなこと。

「どうぞ。その奥の扉の前でお待ち下さい」

パスポート見せろ、と言われなくて良かったわ、なんて皮肉を心の中で呟《つぶや》いて、有利は言われた方へ歩き出した。

15　女取締役

笠野のペントハウスへは、「直通」のエレベーターがあった。

そりゃそうだろう。このビルに来た客が大勢間違って自宅へ押しかけて来たら、やかましくて仕方ない。

「いや、凄い！」

エレベーターというより、やけにけばけばしい化粧室って雰囲気。エレベーターの中に、小さいとはいえ、シャンデリアが下っている！

課長の大崎は、すっかり感動している様子だが、有利の方は、

「趣味悪いのね」

なんて口の中で呟いていた。

「三十階まで直行だ！　大したもんだ」

と、何にでも感心してしまう大崎であった。

「でも、課長」

「何だ？」

「停電で停ったら、階段上るの、大変でしょうね」

大崎はいやな顔をして、

「君には、夢ってものが分らないのか？　そういう——そういう——」

言葉が見付からなくて、口ごもる。

「散文的、ですか」

と、有利が助け舟を出した。

「そ、そう！　散文的な発想しかできんようでは、Nデパートの未来はない！」

突然、話が大きくなる。

エレベーターのスピードが落ち、停った。扉が開くと、目の前にインターロック式の扉がある。これじゃ、まるで砦《とりで》だね、と有利は思った。

しかし、二人が前に立つと、扉が開いて、

「いらっしゃいませ」

と、きちっとした背広姿の男が姿を見せた。

「Nデパートの大崎と申します。笠野様は――」

「お待ちしておりました。お入り下さい」

「はっ！」

と、大崎は直立不動。

何もそんなにありがたがらなくたって、と有利は馬鹿らしくてそっぽを向いていた。

確かに、中は広い。オフィスビルのワンフロア、丸ごと使ってるんだから、当り前である。

その代り、通されたのは、割と普通の広さの応接室。――待っていると、今度は若い女の子が紅茶を出してくれる。

どう見ても、事務服を来ているＯＬという感じである。

「自分のとこの社員を、お手伝いさん代りに使ってるんですかね」

と有利は言った。「公私混同だわ」

「失礼なことを言うな。もしお耳にでも入ったら――」

「お手討ですかね」

と、茶化してやる。

そこへドアが開いて、笠野速雄が、シルクのガウン姿で現われた。

有利は、何食わぬ顔で挨拶《あいさつ》をした。

笠野が、ゆうべの「伊藤百合江」を見抜くだろうか、と緊張していたが、もちろんそんな様子はおくびにも出さない有利である。

「ご苦労さん」

と言って、笠野はソファにドカッと座ると欠伸をした。

いいご身分ね。きっと今まで眠ってたのに違いない。

大崎が色々生地を見せて説明しているのを、聞いているのかいないのか、目はまだトロンとしていて、

「うん、まあ……。適当に見つくろっといてくれ」

の一言で終り。

「かしこまりました！」

大崎の方も、虚《むな》しさを感じないのだろうか、と有利は首をかしげた。

「ところでね」

と、笠野はコーヒーを運ばせて、それをのんびりと飲みながら言った。「ちょっと相談があるんだ」

「は。何なりとお申しつけ下さい。何でしたら肩をおもみしますか？」

冗談でも、変なこと言わないでほしい、と有利はジロッと大崎の方をにらんだ。笠野のような男は、他人が「何でも」やってくれて当り前と思っているのである。

そうかい。じゃ、ちょっと腰をもんでくれ、ぐらいのこと言い出しかねない。

「いや、そんなことじゃないんだ」

と、笠野は首を振って、「私も企業のオーナーとして、あちこちに顔を知られている。しかし、いつまでたっても、一つ一つの企業の枠から外へは出られない。そこで、〈笠野グループ〉とでもいう、一つのイメージ作りをしたいと考えているんだ」

「大変すばらしいお考えで！」

と、大崎がオクターブ高い声を張り上げた。

「そう思うかね」

「もちろんでございます！　笠野様ならではの、独創的な思い付きとしか申せません」

誰だって、そんなこと考えるんじゃない？

有利は心の中でそう言ってやった。

「いや、そう言ってくれると嬉しいよ」

と、笠野はニヤついて、「実は、一年半ほど前にも、同じようなことを考えてね、やりかけたことがあったんだが、ちょっとしたトラブルがあって、やめてしまったんだ」

そうか、と有利は思った。――沢本徹夫が、ある企業のPR用のパンフレットを作ろうとして、あのクラブへ出入りしていたというのが、この話のことに違いない。一年半前、というのもぴったりである。

しかし、笠野はそれをやめてしまった。

「ちょっとしたトラブル」とは、沢本徹夫が殺された事件に間違いないだろう。

「今度はぜひ実現したいと思っている」

と、笠野は座り直した。

「私どもでお力になれることがございましたら、何なりとお申しつけ下さい」

と、大崎は言い切った。

いいのかね、と有利は苦々しく、考えた。こっちはただの「紳士服売場」なのだ。

背広を作るついでに、ネクタイやコートの相談にのるということはあるだろうが、企業グループのイメージ作りを、何で手伝わなきゃいけないの？

「前のときは、私自身が先頭に立って、話を進めていた」

と、笠野は言った。「しかしそれでは却ってやりにくいこともある。そこで、こちらも広報担当取締役のポストを新たに設けて、その人間にやらせたいと思っている。何しろ私は何かと忙しいんでね」

パーティで、美女の相手をしている暇はあるくせにね、と有利は思った。

「今、紹介しとこう。——ああ、ちょうど良かった」

と、笠野が言ったのは、そのときドアが開いて、

「ここだったの」

と、笠野貴子が顔を出したからである。

「ああ、この二人はNデパートだ。妻の貴子は、もちろん知ってるね」

私たちは「Nデパート」って名じゃありませんよ、と有利は言ってやりたかったが——やめておいた。

妻の貴子の方は、このままパーティにでも出られそうな、大胆に胸もとのえぐれたドレス。普段、家の中でこんな格好してるのかね？

「それじゃ、詳しいことは、この貴子と相談してくれたまえ」

と、笠野が言った。

大崎が初めて戸惑いを見せて、

「あの……広報担当の取締役の方とおっしゃったのは……」

「貴子がそうなんだよ」

有利は目を丸くした。

「――よろしくね」

と、貴子がニッコリ笑う。

「は。こちらこそ！」

大崎は、何と言っていいのか分らない様子で、とりあえず頭を下げた。

「この人たちが、何でもやってくれるそうだ。お前の好きなようにやるといい」

「嬉しいわ！　私、ずっと仕事がしてみたかったの」

この貴子が何の「仕事」をするのか、有利には想像もつかない。「何でもやってくれる」なんて、とんでもない！

こっちは本業をかかえているのだ。

「この女の方は？」

と、貴子が有利を見て言った。

一瞬ドキッとしたが、何くわぬ顔で名乗ると、貴子は何を考えたのか、

「この人、気に入ったわ」

と、言い出したのである。

何で私はこうなんだろう、と有利は嘆いた。

気に入られる相手といえば、幽霊とか、この頭の空っぽな笠野貴子とか……。

ろくなことがない。

「ね、この人、しばらく貸してくれない？」

と、貴子が大崎へ言った。

「は……」

さすがに、何でも「どうぞどうぞ」と言っていた大崎だが、自分の部下をそう簡単に貸し出すのはまずいと思ったのだろう。

「あの――私の一存では、どうも。帰りまして、一応上役にはかりましてから――」

と、逃げようとした。

「それなら、何も戻ってから話すことはない」

と笠野が言った。「ここには電話というものがある」

「はあ……。それは確かに」

「じゃ、かけたまえ。別に料金は請求しないから」

「はあ」

「私、この人でなきゃいや」

と、貴子がすねて見せる。「だめって言われたら、Nデパートを潰《つぶ》してやるって言って」

デパート一つ、そう簡単に潰れてたまるか、と有利は思ったが、この雲行では、下手をすると、貴子のわがままが通りそうである。有利は口を挟んだ。

「あの……ちょっとお待ち下さい。私、ただ紳士服売場にいるというだけの者でございますので、何もお役に立てないと存じますが」

「そんなことないわ」

と、貴子は平然として、「私の目に狂いはないわ！」

頭の中身の方が狂ってんじゃない？

有利はよっぽどそう言ってやりたかった。

有利は考えていた。——この夫婦が、見かけほど馬鹿でなく、有利がゆうべの「伊藤百合江」と気付いていたとしたら。

あの野田も何者かに殺されているのだ。有利だって「消され」ないとも限らない。一人だけここに残しておいて、後で、

「ちょっと事故があってね」

とでも言われたら、きっと真相は分らないままだろう。

いくら何でも、そんなのはいやだ！

まだ死にたくない。私は若いのよ！

若くて美しい――かどうかは、色々意見もあるかもしれないけど……。

しかし、有利の「心の叫び」も空しく、大崎の方では言われるままに、デパートの重役へ電話を入れ、事情を説明している。

「――さようで。――はあ。ただいま、笠野様と代ります」

「課長……。まさか――」

と、低い声で言うと、

「出向扱いにする、とさ。今日付けで」

「そんな無茶な！」

有利は唖然として、思わずそう言っていた。

かくて、有利はNデパートから笠野の下へ出向させられて、貴子の部下として働くことになってしまったのだが、とりあえず、

「支度というものがございますので」

と、懸命に交渉して、「出勤」は明日からということにしてもらった。

――帰りのタクシーの中で、有利は散々大崎にかみついてやった。

「社員を何だと思ってるんですか！　お中元と間違えないで下さい！」

「そうガミガミ言うなよ」

と、大崎も少々後ろめたい様子。「ま、どうせすぐ飽きるさ、しばらくのことだ」

「コンクリート詰めにされたら、化けて出ますからね」

「え？」

「こっちのことです」

有利はプーッとモチのようにふくれていたのである……。


ともかく、長い一日が終って、有利は山野辺良子の入院している病院へと向った。

良子に何と話したものか、まだ迷っていたのだが、ともかく今は良子の体が回復することを最優先させなくてはならない。

沢本が他にも恋人を作っていたらしいという話はしないでおこう、と決めた。

病院へ着くころはもうすっかり暗くなっている。——面会者用の入口へと歩いて行くと突然、背中に硬いものが押し当てられた。

「声を立てるな。命が惜しかったらな」

と、低く押し殺した声。

有利の全身から血の気がひいた。手にしていた包みが落ちる。

すると……クックッと笑い声になって、

「引っかかりやがって！　びっくりしただろう」

振り返ると、あの「用心棒」の黒岩である。

「あんた……」

「どうだい。なかなか凄みがあったろう？」

「馬鹿」

「何だよ。せっかくボディガードに来てやったのによ。そのいいぐさはないだろ」

「私が何を持ってたと思ってるのよ！　良子さんのお見舞に買ったマスクメロンよ！　落っことしちまったじゃないの！　このドジ！」

病院の前でなきゃ、ぶん殴っているところだった。全く、何を考えてるんだか、この用心棒は！

――さすがにおとなしくなった黒岩を後に従えて、有利は山野辺良子の病室へ向った。

ドアをそっとノックして開けると、

「有利さん」

と、すぐに良子の声がした。「良かった！　ご無事だったんですね」

「そう簡単にゃ死なないわよ」

有利は、病室の中へ入って、良子のベッドのそばに寄った。

有利は、ゆうべのパーティのことを、細かく話してやった。

とはいえ、沢本が女と遊んでいたというくだりを抜かして話すには、大分神経を使ったのである。

「――ごめんね。犯人を見付けるところまで行かなくて」

と、有利が言うと、

「そんな……。一晩で犯人が見付かったら大変」

と、良子が頰笑《ほほえ》む。

「そうね。――ただ、あの野田っておじさんは、気の毒だった。もしかして、私のせいで、と思うとね」

「憶えてますわ、その人」

と、良子も小さく肯《うなず》いて、「帰りの車のこともあるし……。やっぱり『向う』が相当警戒してるってことですね」

「人を殺してまで？」

「そうです。あの人を殺したのも、何かよほどまずいことを知られたからでしょう」

「そうね。――でも、人を殺すって、大変なことでしょう。あなたも狙《ねら》われたわけだし。どんな秘密があるのかしら」

「あのクラブそのものは、とても古いものですから……。もちろん裏で何かやっているという可能性はありますけど」

「麻薬とか？」

「そういうものなら、きっと何か噂になってると思うんです。でも、私は少なくとも聞いたことがありませんでした」

「そう……。ともかくね、沢本さんが仕事をしてた、その笠野って男の所へ近付けることになったから。期待してて」

「有利さん……。用心して下さいね」

と、良子が有利の手を握る。

「大丈夫。——ボディガードがいるの」

「ボディガード？」

「あんまり見ばえは良くないけど」

とりあえず、何かで必要なときもあるかと思い、有利は廊下にいた黒岩を病室の中へ入れた。

「これが黒岩さんっていって、私の用心棒。——いい、あんた、いざってときは、この人のことも守るのよ」

と、黒岩の肩を叩く。「そんなわけだから、じゃ、また連絡するわね。ちゃんとまめに報告に来るから」

「ええ……」

良子がベッドで微笑むと、「黒岩さん……」

「は、はあ」

黒岩、ガチガチになって、本当の「岩」みたいである。ただし、真赤になっているので、「赤岩」だ。

「有利さんをよろしく。守ってあげて下さいね」

良子に手を握られ、黒岩は膝《ひざ》がガクガク震えている。

――呆《あき》れた。有利は、黒岩の良子を見る目が、まともじゃないのに気付いていたのだ。

何考えてるんだ、この男！

16　とりあえずの話

「ありゃ、天使だぜ！」

と、黒岩は言って、少し考え込んでいたが「天使より女神の方がいいかな。――どう思う？」

知るか、と有利は答える気もなくしていた。

この黒岩って男、一目で、山野辺良子に惚《ほ》れちまったのである。

病院を出たのはいいが、足は地についていない感じで、目はトロンとして、口は半分くらい開けたまま……。早く言やあ、とても見ちゃいられない、という様子だったのである。

「あの人は誰かに刺されたのよ。その犯人がゆうべのパーティにいたかもしれない」

と、有利が歩きながら言うと、

「誰がやったんだ！　ぶっ殺してやる！」

「ちょっと！　道ばたでいきなりピストル振り回さないでよ！」

「ああ……。しかし、もし見付けたら、生かしちゃおかねえ」

と、黒岩はカッカしている。

あんたに見付かるほど馬鹿な犯人だったら、苦労しないわよね、と有利は心の中で言ってやった。

車が——それも大きな外車が一台、スッと有利のわきへ寄って停った。

「伊原さん。夕食まだだろ？」

と、窓から顔を出したのは、黒岩の雇い主の山形である。

「山形君。どうしたの？　この人のスペアでも持って来てくれた？」

「タイヤと間違えるない」

と、黒岩が渋い顔をした。

「食事に誘ってるのさ」

「そう。——早目に帰って寝たいの。あんまり遅くまではお付合いできないけど」

「ちゃんと家まで送るよ。黒岩、お前も乗れ」

「ごちそうさんです」

一日惚れしてるわりには、食欲のある男なのだった……。


「——じゃ、あの殺しが?」

と、都心の有名な中華料理店で食事しながら、山形は有利の話を聞いていた。

「あのクラブの案内人のような人なの。色々まずいことも知ってたと思うのよね」

有利も、不安に捉えられているわりには、よく食べていた。

「物騒だなあ。——伊原さん、悪いことは言わないから、手を引いた方が……」

「始めたからにはやめられないわよ」

有利の言葉に、山形はちょっと笑って、

「学生のころから、伊原さんはそうだったよね」

「損な性分でね」

「でも、みんなに信頼されてた。僕もひそかに憧れてたもんだ」

山形は、夢見るような目つきで言ったのだった……。

「あらあら」

と、有利は笑って、「今ごろそんなこと言われてもね。好きなら好きで、そのときに言ってくれなきゃ」

山形は料理を皿にとり分けながら、

「そうだね。——時間を逆に戻すことはできない」

「そうよ。青春は遠くなりにけり、と」

有利はチラッと黒岩の方へ目をやって、「あんた、本当によく食べるわね」

黒岩は何を言われても気にせずに食べていられる性格（？）らしかった……。

「伊原さん。まあ、僕も親父の後を継いだとはいえ、あんまり感心できる仕事をしてないことは分ってる」

「その通りね」

「何か力になりたいんだ。罪滅ぼしってわけじゃないが、多少はそういう世界にもコネがある。何かつかめるかもしれないよ」

「ありがとう、山形君」

と、有利は言った。「私も、危険は承知で始めたことだしね。この人も借りてるから、これ以上は頼めない。ただ、笠野って男のことで何か耳に入ったら知らせてくれる？」

「笠野ね。——明日から働きに行くって所だろ？」

「何が待ってるか分らないけどね」

と、有利は肯いた。「まさか、この人を連れてくわけにもいかないし」

「俺は、あの『女神』のそばについてます」

と、黒岩が言い出した。

「何だ、その『女神』って？」

「いいのよ」

と、有利は笑いをこらえて、「まさか仕事の場で何かやるとも思えないし。ともかく、笠野が何を考えてるのか、それを探ってみたいの」

「分った。こっちも早速当ってみる」

と、山形が言って、「——黒岩、聞いてるのか、ちゃんと？」

「聞いてます」

と、黒岩は口と手はしっかり動かしながら、「笠野の奴に八つ当りすりゃいいんでしょ」

山形はため息をついた。

まあ、黒岩も悪い男じゃなさそうだが……。

あんまり頼りにしない方が良さそうだ、と有利は改めて思ったのだった。

——その夜は食事の後、山形の凄い外車でアパートへ送ってもらう。

部屋へ入ろうとしていると、隣の原田百合が顔を出して、

「あら、今お帰りに？」

「ええ。——外で食事をして来たもんだから、どうして？」

「いえ……」

と、原田百合は当惑顔で、「何だか、夕方からドタバタ音がしてて。何か大掃除でもしてるのかしら、って思ってたの」

ドタバタ音が？

有利は、目をパチクリさせて、

「私、今帰ったばっかりよ、じゃあ……」

「どうしましょう！」

と、原田百合が口に手を当てて、「空巣か何かが……」

「空巣が、そんな大きな音をたてる？」

「じゃ、熊か何かが迷い込んで——」

「山の中じゃあるまいし」

ともかく、有利は鍵をあけ、恐る恐るドアを開けてみた。

「誰か……いる？」

と、暗い部屋を覗《のぞ》き込んで、「いなきゃ『いないよ』って言ってよ」

明りを……。有利は明りを点けた。確かに、誰かがいたことは明らかだった。

「――まあ」

と、原田百合が覗いて、「大変ね、片付けるの」

部屋の中は、荒らされていた。

有利など、しばしどうしていいか分らず、途方にくれていたくらいである。

――戸棚やタンス、引出しの中の物、全部が投げ出してある感じだ。

さして広くない部屋は、文字通り、足の踏み場もない状態だった。

「――でも、壊されたものはないみたい」

と、有利は言った。「せめてもだわ」

「一一〇番しなきゃ。泥棒でしょ」

と、原田百合が言った。

「いいの」

「でも――」

「むだよ。この様子じゃ、何を盗まれたかもはっきりしないでしょ。それに、普通の空巣なら、こんなに何でもかんでも放り出して行かないわよ。もっと、金目の物とか現金のありそうな場所だけ捜して行ったと思うわ」

「じゃ、これは誰が？」

「さあね。——ともかく、少し片付けるわ。気長にね」

有利は心配する原田百合をなだめて、引きとってもらった。

そして、改めて部屋の中を見わたし、うんざりした……。

これはたぶん一種の「警告」だろう。ドアもこじ開けてはいない。鍵なんか、簡単にあけられるぞ、と見せているのだ。

事件から手を引け、か……。

有利のことを、この犯人はよく分っていない。こういうことがあると、かえって燃えるのである。

——とりあえず、着がえを見付けると、片付けにとりかかることにした。何時間もかかるだろうが。

一方で「手を引け」と警告し、一方、笠野は有利を自分の所で働かせようとしている。

この二者は、別々なのだろうか？

だとすると、笠野は有利のことを、本当に「単なるNデパートの店員」と見ているのか。——明日からの「出社」が、ちょっと楽しみになって来る有利であった。

有利は、欠伸をかみ殺した。

するとそこへやって来たのが、有利の「上司」である笠野貴子。

「あら、伊原さん、疲れたでしょ」

しまった！　欠伸をかみ殺していたのを見られたらしい。

「いえ、ちょっと……。ゆうべ部屋の片付けをしてて、寝不足なものですから」

これは至って正直な事実である。何しろ、空巣が徹底的にぶちまけてくれた物を全部片付けなくてはならなかったのだから。

おかげで、お風呂に入って寝たのは夜中の三時過ぎ。——笠野貴子の下へ「出向」しての初日とはいうものの、つい眠気がさして、というわけである。

「まあ、片付けを？」

と、笠野貴子はびっくりした様子で、「偉いわね！　私、自分で物を片付けるなんてこと、もう何年もやってないわ」

そっちの方が、よっぽど「まあ！」である。

「じゃあ疲れたでしょう。朝からずっと働きづめですものね。——一息いれましょうよ」

と、貴子が言った。

「いえ、大丈夫です。これぐらい……」

「そんな。無理しないでね、初めから。倒れられたりしたら、私も困るから。——ね、お茶とケーキでもどう?」

「はあ……」

有利としては、今の上司はこの笠野貴子なのだから、逆らうわけにもいかない。

「じゃ、お供します」

「そうよ。人間、たまには息抜きも必要だわ」

貴子は、親しげに有利の肩に手をかけさえしたのである。

有利は、笠野のペントハウスが入っているビルの一室をあてがわれて、そこに一人でこもって仕事をしている。

隣の部屋は〈取締役室〉の真新しいプレートがとりつけられ、貴子が一人でいる。何をやっているのかは知らないが。

——有利は、まさかNデパートの制服で働くわけにもいかないので、できるだけ地味で、疲れない私服姿でやって来ている。

貴子は、有利を連れて、ビルの同じフロアにある、ティールームへ行った。来客の接待に使うのだろう。もちろん今はガラ空きである。

「——さ、コーヒー?　紅茶?」

「あの……じゃ、コーヒーを」

「ケーキはね、今ワゴンで持って来てくれるから、好きなだけ選んでね」

「はあ」

有利は当惑していた。

疲れたから一休み、といっても……。今朝の九時から仕事を始めて、まだ一時間しかたっていないのだ。

この人、きっと仕事なんかしたことないんだわ、と有利は思った。

確かにケーキもコーヒーもおいしかった。

しかし、有利としては、事情はどうあれ、「仕事中だ」という気持がある。根が真面目というべきか。

「あの――もう仕事に戻ります」

と、ケーキを食べ終ると言った。

「あら」

貴子は何だかつまらなそうな顔で、「まだいいじゃない。初めは、雰囲気に慣れることも大切よ」

「はあ……」

こんな上役、聞いたことがない！――仕方なく、有利はコーヒーのおかわりをもらった。

「私といると退屈？」

と、貴子に訊かれて、いかに有利が正直でも、

「ええ」

とは答えられない。

「そんなことはないですけど……。奥様のことを、よく存じあげませんし――」

と言うと、貴子はパッと顔を明るくして、

「そう！　そこなのよ。私のことを、もっとよく知ってもらうこと。それが大切なの」

「はあ……」

「ね、そうでしょ？　上司と部下って、互いによく理解し合ってる必要があるわよね」

「はあ……」

仕事する上で必要なだけ、お互いに分ってりゃいい、というのが、有利のOL生活からの結論である。

「分ってほしいの。どうして私がこんなことを始めたか」

と、貴子は突然シリアスな口調になった。

そして、二人の席からはビルの林と、その向うに広がる、あんまり美しくない青空が見えたのだが……。

その彼方へと目を向けながら、貴子は言った。

「私ね、何とか自分の力で、あの人がやれなかったことを、やってみたいの」

「あの人……。ご主人のことですか」

と、有利が訊くと、

「主人？　とんでもない」

と、貴子は首を振った。「主人は、そりゃあお金持よ。その点では魅力がある。でも、人間的にはさっぱり。あなたもそう思うでしょ？」

何と返事したものか、困るようなことばっかり訊く女だ、と有利は思った。

「あなたは、主人のことをまだ知らないものね」

と、貴子は続けた。「でも、その内よく分って来るわ」

「そうですか」

「そうね、たぶん……」

と、貴子は、宝石のちりばめられた腕時計を見ると、言った。「あと十五分以内くらいには、分ると思うわ」

有利が笠野貴子の言葉に、ますます首をかしげていると、

「伊原様」

と、ティールームのウエイトレスがやって来た。「お電話でございます」

「私――ですか」

有利は面食らった。

ウエイトレスについて行くと、カウンターの裏側に電話ボックスがある。そこへ入って、電話に出ると、

「――笠野だよ」

「あ、どうも……」

「どうかね、仕事の方は」

まさかケーキを食べましたとも言えず、

「何とかやっています」

「そうか。貴子が色々無茶を言うかもしれないが、まあ、聞いてやってくれ」

「かしこまりました」

「いや、それでね……」

笠野は、少し間を置いて、「君にはたぶんこれから色々、苦労をかけると思う。その前払い、と言っちゃ何だが、今夜、君に予定がなければ、食事でもどうかと思ってね」

「は？」

有利は目を丸くした。

「いや、君のことはデパートにいたときから目をつけていたんだ。実に有能で、よく仕事をする。ぜひ一度夕食を一緒に、と思ってね」

「でも――」

「〈P〉という、有名なフランス料理の店があってね。君のような魅力ある女性にはぴったりなんだよ。食事の後は、ちゃんと送り届けるし、どうかね」

何のことはない。「浮気」の誘いである。もちろん、有利の方は独身だが、「選ぶ権利」はある！

「申しわけございません。今日は、奥さまのお仕事で残業になると思いますので」

と、でたらめを言った。

「そんなに忙しいのかね」

「明日の仕事に差し支えることは避けた方がと存じます」

「うん、そりゃまあ……そうだね」

笠野は未練がましい口調で、「じゃあ君、また次の機会ということに」

「失礼いたします」

電話を切って、席へ戻ると、

「主人でしょ」

と、貴子が言った。「どこへ誘われた?」

「〈P〉とかいうお店です」

「ワインがおいしいの」

と、貴子が肯く。「つい、飲み過ぎて酔ったところを、自分のマンションへ連れ込んで……。都内のあちこちにマンション、持ってるから。いつもの手ね」

「どうして分ったんですか?」

「主人のパターンはいつも同じなんですもの」

と貴子はちょっと苦々しい笑いを浮かべて、言ったのだった……。

17　疲れる話

「疲れた!」

――有利は、Nデパートの休憩室に来るなり、手近な席にドサッと腰をおろしてそう言った。

「何よ、そんなにこき使われてるの?」

と、鈴木晶子がやって来る。「ほら、ウーロン茶」

「ありがと……。生き返る！」

有利は、コップ一杯のウーロン茶を一息に飲み干してしまうと、「おいしい！」

「呆れた」

と、晶子は笑って、「やけ酒じゃなくて、やけウーロン茶ね、それじゃ。どうしたの？　あのイカれた奥さん、そんなに有利に無理させてんの？」

「そうね……」

と、有利は少しためらいながら答えた。「ね、晶子。私、悟ったわ。このデパートがどんなにすばらしい職場だったか。私、ここでの日々を一生忘れない！」

「ちょっとちょっと。――どうしたのよ、一体？　まだ出向になって三日でしょうが。そんな風に音を上げるなんて、有利らしくもない」

「それじゃ、晶子、私と代る？」

「あっちは有利をご指名でしょ？　三日間、一睡もしてないとか？」

「毎夜、九時間は寝てる」

「じゃ残業は？」

「ゼロ」

「肉体労働とか？」

「ペンより重いもの、持つことないね、ほとんど」

「何よ。じゃ、楽しいじゃない」

「そう。——でも、その代り、一日中、あの奥さんのこぼすグチに付合ってごらんなさい。芯からぐったりよ」

「グチ？　笠野貴子が？」

「亭主の悪口。浮気の一つ一つ、細ごました証拠をあげて、ていねいに説明してくれるの。『ねえ、ひどいと思うでしょ』と来る。こっちは『そうですね』としか言えないでしょ。それが朝の十時——いえ、今朝なんか九時半から始まったわ。これがお昼休みまで続くの。それから、『お昼、一緒に食べましょうね』って、とんでもなく肩のこるフランス料理のランチを食べさせられて……。その間はね、なぜか『夫との幸せだった日々の回想』なのよ」

「パターンがあるのね」

「それで二時過ぎにやっと会社へ戻る。三時には『おやつの時間』……。もう、勘弁してほしい！　ちっとも仕事が進まないんだもの」

「変な文句つけて」

と、晶子は大笑い。

「人のことだと思って！」

と、有利はふくれているが、確かに逆の立場なら面白がるだろう。「もう疲れたわよ」

「でも、笠野貴子は何をやりたいわけ？」

と、晶子が訊く。

「そこなのよね。今のままじゃ、ただのグチの聞き役を雇っているだけだわ」

有利も、暇なせいもあって、色々考えてはいる。——もし、「向う」が何か考えを持って、有利を出向させているとしたら、その目的は何なのか？

もちろん晶子にすべてを打ち明けることはできないにせよ、自分に万一のことがあったとき、山野辺良子に連絡してくれる人間が必要だ。もっとも、目下のところ、「何がある」としても、食べすぎて苦しくて倒れるくらいのものだろうが。

「今日はどうして戻って来たの？」

「顧客のリスト、うちにあるのを利用しようと思って、それを取って来ますから、って出て来たの。でも……」

送り出す貴子の方は、

「早く戻って来てね」

と、涙ぐまんばかりだった……。

「おい、伊原君」

と、声をかけて来たのは、課長の大崎。

「あ、課長」

「ちょっと売場へ来てくれ」

「はい」

立ち上って有利はウーンと伸びをした。少し背広を売りたい気分だった。

しかし——紳士服売場へ行った有利を待っていたのは——。

「やあ、ご苦労さん」

笠野速雄がソファに座っている。「妻のつかいかね」

「は、そう——そんなところです」

有利は口ごもった。

「まあ、かけたまえ。君、この人にも何か飲みものを」

大崎が、ふっとんで行く。有利は私服のスーツだし、落ちつかない。

「あの……。私、早々に戻りませんと」

「分ってる。長くはかからないよ」

笠野がいきなり有利の手をつかんだ。ギョッとしたが、引っ込めずにいると、

「君の気持はよく分ってる」

と、笠野は低い声で言った。「妻の目が光ってることは百も承知だ。それでここへ来たんだよ。君が出かけるのを見てね」

「あの……笠野さん——」

有利は、こんなところを大崎に見られたくないので、気が気じゃない。しかし、笠野の方は、その有利の様子を誤解したようで、

「人目を忍ぶ恋は辛いものだ。君の感じている後ろめたさはよく分る」

勝手に一人で分っている。

「あの——まずいですから、こういう——」

「分ってるとも。明日、帰りに待っているよ」

と、笠野は微笑みながら、言った。

「あのビルを出たら、タクシーが待っている。それに乗れば、君はもう何も考えることはない」

有利は、やっと紳士服売場を出て、出向先へと戻りながら、嘆いた。——もうちょっと、まともな男が言い寄ってくれないもんかしら。

貴子の所へ戻れば、また「グチの嵐」が待っている。自分が文句を言われるのなら、まだファイトもわくというものだが、亭主の悪口をずっと何時間も聞かされていちゃ、いくらタフな有利でも参るというものだ。

それにしても……。

有利は、昼間の空いた地下鉄に乗って、ぼんやりと吊り広告を眺めながら思った。

夫婦って何だろう？――ああいう夫婦でも、別れちゃいないわけだ。もちろん、笠野が金持であるという、現実的な理由があるのだろうが、ああやって、他人に向って亭主をこき下ろすのがフラストレーションの解消だというのなら、寂しい話である。

――エアコンの風に、広告がフワフワと動いている。何やら女性雑誌の広告らしい。あまりセンスがいいとは言いかねる。

有利にだって、もう少しましなデザインができそうだ。あんまり売れていない（たぶん）モデルかタレントの卵の女性たちを何十人も集めて、みんながその雑誌をめくっている写真。

インパクトのある一人に、何の個性もない数十人はとてもかなわないのだ。

どうやら、その雑誌は十代から三十代まで、幅広い年齢の女性たちをターゲットにしているらしく、写真に入っているのも、セーラー服の少女から、二十代のＯＬ、三十代の主婦（この分け方からして、古い！）まで色々……。

あれ？――有利は、ふと、誰か知っている人に会ったような気がした。

このポスター……。この中に、見知った顔があるのだろうか？

それとも、知っている人とよく似ている顔でも？　有利は、座っているとよく見えないので、立ち上って吊革につかまりながら、そのポスターを眺めた。

写っているモデル、一人一人をじっと見て行く。――どれだろう？

確かにどこかで……。

降りる駅が近付いていた。しかし、どうしても気になる。もう一回、一人ずつを順番に見て行く。

セーラー服じゃない。テニスウエアでも、レオタードでも……。もっとこっち。

——そう、主婦の顔のどれか。

カクテルドレス、可愛いエプロン、そして——。有利は目を見開いた。

あのエプロンをした女性。あれは、この間、パーティの夜に、沢本徹夫の「恋人」だったと自称していた女……。そう、佃沙江子だ。間違いない！

何だか、入口からして侘《わび》しい感じのプロダクションだった。

ガラスにかかれた文字は半分消えかかっていて、まともには読めない。

有利は、ちょっと呼吸を整えてから、そのドアを叩いた。

「——はい」

面倒くさそうな声がして、ちっとも急ぐでもなく、男がドアを開けた。

「くたびれた」という形容詞を絵にしたらこうなるか、という男。——着ている背広、ネクタイから中身、はてはあたまの毛まで（？）くたびれはてている。

「何です？」

「Ｋ映画から参りました」

と、有利は適当な名前をでっち上げた。「おたくのタレントさんのことで」

「うちの子？――仕事の話かい？」

「他に何かあります？」

男は有利がきちんとした身なりなのを見て、フンと肯くと、

「入って」

と顎《あご》でしゃくった。

中は物置同然――と言ったら、物置の方で怒るかもしれない。

「ま、座ってくれよ」

と、男は言った。「といっても――ああ、その箱をどけると椅子が出てくる」

確かに椅子はあった！　ハンカチで埃《ほこり》を払ってから、有利は腰をおろすと、

「車内吊りの雑誌の宣伝。あの中で、エプロンつけて写ってるのは、おたくのタレントさんだそうですね」

――ここまで辿《たど》りつくのに、散々、苦労したのである。

あのポスターを作った広告会社へ問い合せて、その下請けを紹介され、そこからまた下請けを……。

こういう世界が「下請け」で動いていることを、有利は知ったのだった。

そしてやっと、直接あのタレントを集めた企画会社へ行き当り、そこで、あの〈エプロン〉が、このプロダクションから来た女性だと知ったのである。

「エプロン?」

と、男は目をパチクリさせて、少し考えていたが、「ああ、あれね」

「あの女性に会いたいんです」

「あれに? でも、何の用で?」

「うちは新しいプロダクションなんですが、今度、うちでとる映画の中で、あの人こそイメージがピッタリという役がありまして」

「へえ」

「で、ぜひ連絡がとりたいと監督が言ってるんです」

向うが出まかせなら、こっちも出まかせで対抗である。

「しかしねえ……。そりゃ無理だと思うぜ」

と、男は首を振った。

「無理? どうして無理なんです?」

と、有利は言った。

「ありゃモデルだからね。しかも――まあ、俺がこんなこと言っちゃなんだが、大したモデルじゃない。それに」

と、男は肩をすくめて、「芝居はさっぱりできないよ」

「そうでもないと思いますけど」

「え？」

「いえ。——監督がその点はちゃんと指導いたします」

と、有利は言った。「ともかく、テストだけでも受けていただかないと、私の役目が果せませんので」

「そうですか。いや、もちろん、そういうことなら……。こっちにとっちゃ、悪い話じゃありませんからね」

男の言葉づかいも変って来た。

「あの方の名前は？」

「佃ってんです。佃サエ子」

と、名前をメモに書く。

同じ名前でパーティに「ご出席」になってたわけだ。大方別の名をつけてボロを出すと困ると思ったのだろう。

「で、連絡先は？」

「ええと……。待って下さいよ」

と、男が立って行って、ガタガタしている引出しを開け、中を引っかき回していると……。

廊下で、奇妙な足音が聞こえた。女のハイヒールだということは分るが、コツコツという規則正しい音でなく、コツ――カツン、バタッ、と何だかにぎやかなのである。

「ちょうど良かった」

と、男が言った。「来ましたよ」

バタンとドアが開いて、

「オス!」

酔っ払って、目をトロンとさせ、えらく派手な格好の女が、よろけながら入って来た。

「社長! 何よ、不景気な顔して!――このサエ子に仕事はないの? 何でもやってやるわよ! エキストラから主役まで! 女から男まで! もう何でもやっちゃうんだから! ハハハ!」

アル中、という感じである。

男は肩をすくめて、

「これでもいいですか?」

と、有利の方を見た。

「一応テストを受けてもらいます」

と、有利が言うと、

「受ける？」

と、佃サエ子は顔をしかめて、「いやよ！　私、予防注射って大嫌いなの」

「誰も、そんなこと――」

「じゃ、何をさせようっていうの？」

「おい、サエ子、落ちつけ」

と、男が、女の肩に手をかけて、座らせた。

有利は、昼休みを利用して、外出の許可を取り、出て来たので、今は地味なスーツ姿だった。

この酔っ払った佃サエ子が、有利のことをあのパーティで会った「伊藤百合江」だと気付くことは、まずないだろう。

「――私が映画に！」

サエ子は、「社長」の説明を聞いて、飛び上った。

「落ちつけ！　テストを受けるんだ」

「任せて！　何の役？」

と、目を輝かせて、「私はね、こう見えても――」

「ともかく」

と、有利は遮って、「一緒に来ていただきます」

「あいよ！　どこへだって行くわ！　地獄へでも！」

佃サエ子は大声で笑った。


「——ここ、どこ？」

と、タクシーを降りると、佃サエ子は、キョトンとして、周囲を見回した。

すっかり廃虚になった倉庫が立ち並ぶ、人気《ひとけ》のない場所。昼間でも、お化けが出そうである。

「ここがロケ地なの」

と、有利は言った。「監督が現場のムードの中に、あなたを置いてみたいと言ってるの」

「ふーん。リアリズムって奴ね」

大分酔いも覚めた様子で、「何だってやってやるわよ。脱ぐのも拒まず」

「脱がなくてもいいわよ」

と、有利は言った。「さ、入って」

ガランとした空っぽの倉庫。——もう使われていないが、あちこちに木の箱が転っていて、天井からは、運搬用の鎖が下っている。

椅子が一つ、ポツンと真中に置かれていた。

「あそこに座ってくれる？」

と、有利は言った。

「座るだけ？」

「ともかく座って」

「はいはい」

佃サエ子は硬いスチールの椅子に座って、足を組んだ。「次は何すれば？」

「そのまま動かないで」

と、有利が言うと――ガラガラと音がして、天井から下った鎖がシュルシュルと動き出す。

「キャッ！」

と、サエ子が悲鳴を上げる。「何よ、これ！」

鎖で、椅子が吊り上げられているのだ。サエ子は必死で椅子の背に結びつけられた鎖にしがみついて、何とか落ちないでいた。

18　依頼主の秘密

「ちょっと！　降ろしてよ！」

と、佃サエ子は悲鳴とも怒鳴り声ともつかない声を上げた。「ね、早く降ろして！」

鎖が巻き上げられて、佃サエ子のしがみついている椅子は、ほとんど天井近く――

なにしろ、倉庫だから、天井はえらく高い――まで引き上げられていた。

「こんなもんでいいか？」

と、黒岩がやって来る。「ほう、いい眺めだ」

「馬鹿ね、何見てんのよ」

と、有利は言った。「鎖、ちゃんと外れないようにしてある？」

「しっかり止めてあるぜ、大丈夫だ」

と、黒岩は肯いた。

「ねえ、何話してんのよ、のんびり！」

と、佃サエ子は生きた心地もない様子。

「どんな役でもやれるって言ったでしょ」

と、有利は言ってやった。

「私、高い所はだめなの！　高所恐怖症なのよ！　お願い、降ろして！」

と、佃サエ子は生きた心地もない様子。

「じゃ、二つ三つ、質問に答えてくれる？」

「何よ、質問って？」

「会員制クラブで、有閑マダムの役をやったのは、誰の依頼？」

佃サエ子は、

「え？」

と言ったきり、絶句している。

「聞こえなかった？」

「聞こえた……わよ！」

「じゃ、答えて。——会員制クラブ。あなたがまず入れない場所でしょ？　そこで、涙にくれて、『恋人がそこで殺されたの』と言ってくれたわね」

「あ、あんた……」

佃サエ子が目を見開く。

「私のことなんか、どうだっていいの。あのとき、金持の奥さまにしちゃ、いやにガツガツ食べてるな、と思ったのね」

と、有利は腕組みをして、「誰に頼まれたの？」

「それは……仕事よ！」

「仕事ね。――でも、あんたはただのモデルでしょ。あんな役、普通なら回ってくるはずがない。違う？」

有利は、腰に手を当てて、佃サエ子をにらむと、「人を騙《だま》す仕事は、感心できないわね」

「そんな……。頼まれりゃ何だってやるわよ！　払いも良かったし、おいしいもんも食べられるし……」

「その『頼んだ人』は誰？」

と、有利は言った。

「そ、それは……」

と、佃サエ子はためらった。

どうやら、ちゃんと「口止め料」をもらっているらしい。

有利は黒岩の方へ向くと、肯いて見せた。

「何するのよ？」

と、ぶら下げられた椅子に必死でしがみついて、佃サエ子が言った。

「鎖をね、外してあげようと思って」

と、有利は言った。「降ろしてくれってことだから。でも、正確に言うと、『落っこちる』ことになるかもしれないわね」

「やめて！　死んじゃう！」

と、佃サエ子が金切り声を上げる。

「ま、死なないと思うわよ。足の骨くらいは折るかもしれないけど」

「やめて！　やめてよ！」

「じゃ、誰に頼まれたか言う？」

「何でも言うから、やめて！」

「そう」

有利は止めてあった鎖を外そうとしている黒岩の方へ、「ちょっとストップ」

と、声をかけた。

「何だ、つまらねえ」

と、黒岩はふくれっつらをした。

「——でも私……名前は知らないのよ」

と、佃サエ子は言った。「本当よ！　あの事務所で酔って寝てると……そいつが入って来て……」

「そいつ？」

「男。——あんましパッとしない奴だったわ。そいつが『役者を捜してる』って言ったの」

「それで?」

「もちろん、とびついたわよ! でも——絶対にこの仕事のことは秘密だって」

「それで引き受けたのね」

「だって、社長にも内緒にしときゃ、丸ごとこっちに入るしさ。——こんなうまい話はないって……。私、何カ月も仕事してなくて……」

「あんたのグチはいいの」

と、有利は言った。「その男のことよ。名前も聞かなかった?」

「そういう条件だったの」

と、佃サエ子は言った。「ねえ、もう降ろして!」

「でも、何かのときに連絡する場所ぐらいはあったでしょ」

「そう……。でも、忘れちゃった」

椅子をぶらさげていた鎖が、外れそうになった。ガクッと椅子の一方が下って、

「キャッ!」

と、佃サエ子が叫び声を上げる。

「聞いて」

と、有利は言った。「あのとき、人が殺されたのよ」

「あのとき？　でも……」

「あんたの言った、ずっと前の『恋人』のことじゃないの。あのクラブで働いていた人がね、殺されたのよ。たぶん、何かを知りすぎていたためにね」

と、有利は言った。「あんた、その共犯になりたいの？」

有利の言葉に、佃サエ子はたちまち青くなった。

「そんな……人殺しなんて、私、関係ないわよ！」

「じゃ、しゃべるのね。あんたに仕事を頼んだ男は？」

佃サエ子は、今にも泣きだしそうな顔で、

「分ったわよ！　でも――ともかく降ろして！」

有利は、まあ良かろう、と思った。

「――ちょっと。そっと降ろしてやって」

と、黒岩へ声をかける。

「何だ、つまらねえ」

黒岩は不平たらたら、鎖を繰って、ゆっくりと椅子を降ろして行った。

一メートルくらいの所まで降りて来て、椅子から佃サエ子は、

「ヒャッ！」

と声を上げて落っこちた。

もちろん、尻もちをついたぐらいで、どうということはない。
「――さあ、その男について、知ってることをしゃべって」
と、有利は、汗をべっとりかいて座り込んでいる佃サエ子を見下ろして、言った
……。

「――なかなか決ってたぜ」

と、黒岩が車を運転しながら言った。

「あんたもご苦労さん」

と、有利は言った。

「いいヤクザになれるかもしれないぜ」

「結構よ。それより、急いで帰んなきゃ」

と、有利は腕時計を見る。

「何だ、調べに行かねえのか」

――結局、佃サエ子が憶えていたのは、その仕事を頼んだ男の連絡先。それも、

「いつも×時ごろには〈××〉という喫茶店にいるから」

というだけのものだった。

しかし、あれだけ怖がっていたのだから、これ以上知らないのは確かなのだろう。

「どうせ、この時間には間に合わないし」

と、有利は言った。「明日にでも行ってみることにするわ」

何しろ、ＯＬ（それも出向社員）と兼業の探偵役である。

「じゃ、俺はまたあの『天使』の護衛に行くか」

と、黒岩はヘラヘラ笑っている。

「ちょっと」

と、有利は黒岩をにらんで、「良子さんに、妙なまねするんじゃないよ」

つい、口調が荒っぽくなっている。

「とんでもねえ！　天使に手なんか出せるかい！」

と、黒岩は大真面目に言った。

「――こっちはまた、『雇い主』のグチを聞かされんのよ」

と言って、有利はため息をつくのだった……。

有利とて、用心は怠らない。

黒岩の車から降りるのも、ちゃんと笠野のビルの少し手前である。ビルの前に乗りつけて、万一笠野の目にでも止ったら、まずいことになるからだ。

黒岩は、山野辺良子の病院へ見張りにいく（と称している）ので、口笛など吹きながら車を走らせて行ってしまう。

「——呑気《のんき》なもんね、全く」

と、有利は首を振って呟くと、「さ、急がなきゃ」

一体どこへ行ってたのかと、笠野貴子に疑われてしまう。

ビルに入ろうとすると、

「伊原君」

と、後ろから呼び止められた。

「あ……どうも」

有利は笠野速雄が車の窓から顔を出しているのを見て、ドキッとした。

この間の誘いもすっぽかしているので、何とも話しにくい。

「乗りたまえ」

と、笠野が促した。

「でも——奥様がお待ちなので」

「大丈夫。家内はね、頭痛がして帰宅したから」

「え?」

「さ、乗って」

と、笠野はくり返した。「君は私に雇われているんだよ。それを忘れないで」

そう言われると、有利としても拒む理由がなくなってしまう。結局、仕方なしに笠野の運転する車の助手席に座ることとなったのである。

車は高速道路に乗って、しばらくノロノロが続いたが、やがて都心から外れると、空いて来てぐんとスピードを上げた。

「あの……どこへ行くんですか」

と、有利は言った。「あんまり遠いと、仕事に戻るのに――」

「これが仕事だ」

と、笠野は言った。「戻ることはないよ」

「はあ……。奥様、大丈夫なんですか？　お風邪ですか」

笠野はちょっと笑った。――その笑い方で有利には分った。

「嘘《うそ》……なんですね」

「ああ」

有利はため息をついた。

「――じゃ、せめて、帰れなくなった、と連絡させて下さい。奥様、ご心配性ですから」

「ここから電話するかい？」

「お借りしていいですか」

「ああ。しかし、僕と一緒ってことは内緒だよ」

「分ってます」

有利は、車内の電話で、貴子のオフィスにかけた。すぐに貴子が出て、

「どうしたの？　心配してたのよ」

と、大げさに言った。

「申しわけありません」

車からの電話、というのが分ると、怪しまれるだろう。有利は早口に、

「思いの他、長引いてしまって。――今夜、約束があるものですから、直接失礼して
よろしいですか」

「あら、そう」

貴子は何だか拍子抜けの様子だったが、「いいわよ、じゃ、明日の朝にね」

と、何となく未練の残る口調で言った。

「すみません、よろしく」

有利はそう言って電話を切った。

「君は真面目なんだね」

と、笠野が言った。

あんたが不真面目なんじゃないですか、と言ってやりたかったが、何とかこらえた。

「雇い主の命令ですから」

と、有利は助手席に座り直した。「でも、それにはおのずと限度があります」

笠野はちょっと笑って、

「その『限度』について、ゆっくり相談しようじゃないか」

と、言った。

――これはただの「浮気の誘い」なのだろうか？

有利が、あの佃サエ子を見付けて帰ると、笠野が待っている。これは偶然か？

いや、むしろ、関係があるにしては、早すぎる。もともと笠野が有利を連れ出すつもりだったと見た方が自然だろう。

ただ、問題は……笠野が有利のことを怪しんでいないかどうか、という点である。

こうなったら仕方ない。――成り行きに任せるしかない、と度胸を決める。

しかし、いくら成り行きったって、こんなのと「浮気」なんて、とんでもない話である。いざとなったら、大暴れして、笠野の顔を引っかき傷だらけにしてやる！

そう決心すると、有利は腕組みして、じっと前方をにらみつけた。


「おお、痛い……」

笠野は、キズテープを頰《ほお》に貼りながら、言った。

「猫でも飼ってたことになさるんですね」

と、有利は言った。

――笠野の別荘である。

一体、この男、いくつ家を持ってるんだろう?

ともかく、中へ入ると、せっかちなのか早とちりなのか、笠野は早速有利に抱きついて来た。そこで、有利はさきほどの「決心」を実行に移したというわけ。

「君の爪は特別製か?」

「あなたの面の皮ほどじゃありません」

笠野は苦笑して、

「いてて……」

と、情ない声を出した。

「タクシー、呼んでいただけます?」

と、有利は言った。

「いや、待ってくれ」

と、笠野は言った。「謝るよ。君のことを軽く見ていたようだ」

「そんな言葉で信用させようったって、だめですよ」

「そうじゃない。――まあ、座ってくれ」

別荘といっても、もちろん並の住宅よりずっと広い。

有利はソファに腰をおろした。

「——いや、君はしっかりした女性だ」

と、笠野はそっと傷に触れながら言った。

「恐れ入ります」

「僕と貴子の間は——まあ何と言うかな、お互い納得ずくの付合いだ」

「ご夫婦で『付合い』ですか」

「あいつは少し変ってる。そう思わないかね?」

少し、どころじゃない。でも、どっちもどっちだわ、と有利は思った。

「私はね、貴子のことが心配で、君にそばにいてもらおうと思ったんだ」

「その割に、こんなことしてるんですね」

「うん、まあ……」

と、詰って、「——半ば、こういう下心があったのは事実だ。しかし、半分は、貴子のことが心配だったんだよ」

少し間があった。笠野は、

「これは秘密にしておいてほしいんだが……」

「その傷のことですか」

「いや、これじゃない。——貴子はときどき自分が分らなくなる。病気みたいなもんだろうと思うがね」

「病気？」

「うん。——これは言いにくいことだが」

笠野はためらいがちに、「貴子は人を殺したかもしれないんだ」

と、言った。

「——殺した？」

「そう。貴子が若い男と浮気するのは、まあ……お互いさまってところもある。しかし、人殺しとなるとね」

「一体、誰を殺したっていうんです？」

笠野は、息をついて、

「沢本っていう男だ。沢本徹夫」

——都心へ戻る車の中で、有利は考え込んでいた。

これは笠野の呼んでくれたハイヤーである。また引っかかれたくなかったのかもしれない。

貴子が沢本を殺した？

もちろん、笠野の話を信用するわけじゃないが、それはありそうなことにも思えた。

つまり、貴子には、どこかまともでない雰囲気があって、それがただの「わがまま」なのか、それとも、それ以上のものなのか、有利にも判断がつかなかったのである。

貴子が沢本を……。本当だろうか？

有利は、もうすっかり暗くなった窓の外を見つめていた。

19　懐かしき再会

有利は、ふと人の気配を感じた。

うっすらと目を開ける。――このアパートの部屋の中に誰かがいる。

有利はゾッとした。鍵は、この間空巣（？）に入られてから取りかえたが、そんなもの、プロの手にかかったら何ほどのこともあるまい。

誰かがベッドのそばにいる。――殺しにきたのだろうか？

有利は、何か武器をそばに置いておかなかったことを後悔した。しかし、ナイフなんかそばに置いて寝ていたら、下手すりゃ寝返りでも打ったときに「自殺」するはめになりかねない。

そばへやってきた「誰か」は、そっと有利の方へかがみ込んで様子をうかがっている。

静かに寝息はたてて見せるが、心臓の方はつい、「やかましい！」と叱りつけたくなるほど、派手にティンパニの如く鳴り響いている。

じっとしていても、誰も助けには来てくれない。ここは一人で闘うしかないのだ。あのあてにならない用心棒の黒岩の奴！ 殺されたら、化けて出てやるからね。そう恨みごとを心の中で言ってから——。

「ワッ！」

と突然、大声を出してパッとベッドから飛び起きる。

「ワアッ！」

相手は仰天して尻もちをついた。有利はすかさず手を伸ばして明りを点け——。

「あら」

と言った。

「——ああ、びっくりした！」

尻もちをついて目を白黒させているのは何とあの「幽霊」の沢本徹夫ではないか！

「あんた……何してんの？」

と、有利は、呆れて訊いた。

「どうも……ごぶさたして」

と、沢本はペコンと頭を下げ、「でも……びっくりした。凄い声出すんだもの。死ぬかと思った」

幽霊にしちゃ妙なセリフである。

「何よ。さっぱり出て来もしないで」

と有利は言ってから、自分がパジャマ姿で、少しおへその辺りが見えていたりするのに気付いて赤くなった。「そっち向いてて！」

「あ――はいはい」

沢本は後ろを向いた。「でも――可愛いおへそですよ」

「大きなお世話よ」

と、有利は言ってやって、急いでガウンを着た。「もういいわよ。――だけど、何よ、さっぱり姿を現わさないで。どこをほっつき歩いてたの？」

そのとき、玄関のドアを叩く音がして、

「伊原さん！　何かあったんですか！」

と、お隣の原田百合の声がした。

「ほら、あんたのせいで、隣まで起こしちゃったじゃないの」

と、有利は文句を言った。

有利は、玄関のドアを開け、

「ごめんなさい。ちょっとね――何か虫が顔の辺りを飛んでたので、びっくりして起きちゃったの」

と、原田百合に説明した。

「それならいいけど」

と、百合はホッとした様子で、「この前のこともあるから、心配になって」

「この前のことって何です？」

と、沢本が口を挟むので、つい、

「あんたは引っ込んでなさい」

と、有利は言ってしまった。

「あら……。何か私、お気に触るようなことをしたかしら？」

と、原田百合が心外という顔をする。

「そ、そうじゃないの！　長いこと一人で暮してるとね、つい独り言を言うくせがついて……。ごめんなさい、本当に。どう、体調は？」

と、有利は何とか話題をそらす。

「ええ。――もうじきだと思うわ」

と、原田百合がお腹のふくらみをなでて、「もう重くって」

「楽しみね」

有利は笑顔で、「何でも言ってね。お手伝いすることがあったら」

と、愛想よくいったのだった……。

――原田百合が帰って行くと、

「変なところで口出さないでよ、もう！」

と、有利は沢本をにらんでやった。

「すみません」

と、沢本は頭をかいている。

「それより――どこで何してたの？　大変だったんだから、こっちは」

「いや……幽霊にも色々用事があって、忙しいんです。年に一度は研修とか、新人の教育とかもしなきゃいけないし」

「研修？　幽霊の研修？」

有利は目を丸くしたが、「ま、いいわ。――ともかく、あんたが消えてから、色んなことがあったのよ」

「今、お隣の奥さんが言ってたのは――」

「ああ、ここにね、空巣が入ったの」

「へえ。何か盗るものがあるんですか？」

有利はムッとして、

「あんた人のことを馬鹿にしに来たの？」

「そうじゃありませんよ！　すみません、つい幽霊は正直なもんで」

もっと悪い。――有利はため息をついて、

「私はね、命をかけて、あんたを殺した犯人を捜してたのよ。それをあんたは『研修』だか何だか知らないけど……」

「じゃあ……僕の頼みをきいてくれたんですね！」

沢本はいきなり有利の手をとると、手の甲にキスした。

「ちょっと！　やめてよ」

有利は赤くなって、「それどころじゃないの。良子さんが大変だったのよ」

と言った。

有利が、山野辺良子の頼みでクラブに潜入したこと、その直前、良子が刺されたことを話してやると、沢本は真青になった。

「良子が？　可哀そうに！」

「命に別状はないし、それがきっかけで、ご両親ともうまく行ってるから、心配ないわ。でもね、犯人は見付かってないのよ」

「何て奴だ！　しめ殺してやる！」

と、沢本は怒り狂っている。

「あんたじゃ無理でしょ」

「あ、そうか。——代りに殺して下さい」

「気軽に頼まないで」

有利は、話が長くなりそうなので、コーヒーをいれながら、クラブでのパーティの様子などを話してやった。

しかし、沢本が女の子たちを次々に引っかけていた、という辺りは巧みに省いた。

あの佃サエ子は偽物だったとしても、あそこで働いていた女の子の証言もある。

それに、綾野菊江の話。――全部が果してでたらめだったのかどうか。

「――いや、そんなことまでして下さったんですか」

と言うと、沢本は両手をついて、「ありがとうございます」

「あんたのためじゃないの。良子さんに頼まれちゃ、いやとも言えないでしょ。私が少々間抜けなのかもね」

と、有利は苦笑した。

「とんでもない。――何でもない赤の他人のために、そこまでしてくれる人はいません。あなたはすてきな人です」

「何よ、突然真面目になって」

と、有利は照れて赤くなった。

正面切って、「すてき」なんて言われることはめったにない。特に幽霊とはいえ、沢本は男である。

ふっと、有利は、この人と「恋」なんてできるのかしら、などと考え、それから自分で真赤になって咳払《せきばら》いした。

「ともかく――また出て来られるようになったのね」

「はあ。お邪魔でなければ」

「じゃ、明日にでも、良子さんのお見舞に行きましょう」

「そうします。――有利さんが危い思いをするのは、こちらとしては心配ですが……。でも、嬉しいです」

沢本、涙ぐんだりしている。――これも、プレイボーイの手なのかもね。

「じゃ、明日、帰りに……」

「はい。『出させて』いただきます」

沢本は一礼して消えた。

「――変な奴」

と呟いて、有利はガウンを脱ぎ、明りを消して、ベッドへ入った。「やれやれ……」

目を閉じていると――やがて眠りに入って行くその直前に、唇にスッと軽く何かが触れたような……。沢本の唇だったろうか？　有利にはよく分らなかった……。

「いや、しかし有利さんは魅力的になりましたね」

と、耳もとで囁《ささや》かれる。

それ自体は悪いことじゃない。有利だって、「馬鹿だ」「アホだ」と言われるより、「魅力的だ」と言われた方がいい。

ただし——囁いているのが幽霊でなきゃ、もっといい……。

「それはつまり、前は魅力的でなかった、ってこと？」

電車の中なので、「変な女が独り言を言っている」と思われないように、そっと小さな声で言った。

「いえ、そういうわけじゃ……」

と、沢本徹夫は言いかけて、「しかし、そういうことになりますか」

と、考え込んでいるのがおかしい。

「ま、何ごとも比較の問題ですから。以前から魅力的ではありましたが、今はさらにいっそう、ひときわ一回り、ベターになった、というわけで……」

「お世辞はいいわよ」

有利は地下鉄を降りると、改札口へ向って歩きながら、

「ちゃんとついて来てよ。でも変なとこで声出さないのよ。こっちがその度に心臓止りそうになる」

「はいはい。——出向先って、そのビルなんですか？」

「そうよ。笠野速雄の会社」

「笠野——」

沢本は、びっくりしたように、「僕が殺されたとき手がけてたのは、ここのPRの仕事ですよ!」

もちろん、有利はそんなこと、百も承知である。ただ、考えがあって、とぼけていたのだ。

「そうらしいわね。それで私があんたの『後任』ってことなのよ」

有利はビルの中に入って行く。

「そりゃ危いですよ! きっと向うに下心があるんだ。ね、気を付けて――」

「黙って」

と、有利は沢本をにらんだ。「しばらく黙ってついて来て。いいわね? こっちはいつもの通りにふるまってなきゃいけないんだから」

「はあ……」

沢本は、やや不服そうではあったが、言われた通りに、ギュウ詰めのエレベーターに乗って来た。――幽霊だと「一人分」とは数えないんだろうね、と有利は思った。

エレベーターを降りて、足早にオフィスへ。もちろん、笠野貴子のオフィスである。

ドアをトントンとノックすると、

「どうぞ」

「笠野――」

と、貴子の声がした。

有利はドアを開けて、中へ入った。

「おはようございます」

と、有利は言った。「昨日はすみませんでした」

そう言いながら、有利の目は、自分について入って来た沢本の方へ向いている。

「心配したのよ。何ともなかった？」

と、貴子は本気で心配している様子。

「思いの他、仕事が手間どりまして」

「そう。主人が何でも猫に引っかかれたとか、今朝言ってたけど……。まあいいわ。あなたは何ともなかったみたいね」

「引っかかれませんでした」

貴子は、ちゃんと夫と有利の間の出来事を察しているようだ。あんまり頭がいいとは思えないが、そういう点は敏感なのかもしれない。

それより、有利の関心は、貴子を見たときの、沢本の反応にあった。

もし、笠野が言ったように、沢本と貴子の間に、本当に「何か」あったのなら、沢本がそれなりの表情を見せるだろうと思ったのである。それで、わざと貴子のことを一言も言わずに、沢本をここまで引張って来たというわけだった。

そして肝心の沢本の方は、というと――。

「この女……」

と、目をパチクリさせている。「笠野さんの奥さんでしょ」

有利は自分の机にバッグを置くと、

「ちょっとお化粧を直して来ます」

「ええ。それからね、今日は出かけるの。あと十分ほどしたら。あなたも一緒にね」

「はい」

と、有利は返事をして、廊下へ出た。

「――あの人が、今の『上司』よ。知ってる？」

と、ついて来る沢本に言うと、

「ええ。――変わった女ですよね」

と、沢本はため息をついた。

「何かあったの、あの女と？」

「まあ……。良子には話してませんでしたが、困ってたんです。あの奥さんに言い寄られてて」

ふむ。一応、「何か」あったことは認めている。

しかし、貴子の方で一方的に言い寄った、というのが本当かどうか。――幽霊が嘘をつくかどうか、有利には知りようもないわけである。

「で、あの奥さんと――どこまで行ってたの？」

と、有利が訊くと、

「何もありませんよ！　本当です！」

と、沢本はむきになっている。

「分ったわ。でも、ともかく今はゆっくり話してられないの。ちょっと消えてて」

「はあ……。でも、用心して下さいよ」

と、少々心残りな様子で、それでも素直に沢本はスッと消えたのだった……。

有利が戻ると、もう笠野貴子は出かける支度をして待っていた。

「あの、どちらへ――」

「ともかく一緒に来て」

と、貴子はオフィスを出ると、エレベーターへと急ぎ足で歩いていく。

有利はあわててバッグを手に、後を追った。

地下の駐車場まで下りると、貴子は、ちょっと目をみはるようなスタイルの真赤なスポーツカーのドアを開けた。

「これ……奥様のですか」

「そう。乗って。助手席にね」

「はあ……」

呆気《あっけ》にとられつつ、やけに車体の低いそのスポーツカーの助手席へ腰を据える。

「──いい？　じゃ、出かけましょ」

有利が、カチャッとシートベルトをはめると、とたんに車がグォーッと音をたてて、
凄い勢いで飛び出し、有利は危うく声を上げるところだった。

一気に駐車場から飛び出し、通りがかったトラックが急ブレーキをかける。貴子は構わず、車を突っ走らせた。

「あ、あの……奥様。スピードの出しすぎでは？」

と、有利は言った。

「せっかく、スピードの出る車を買ったのよ。出さなきゃ、もったいないでしょ」

貴子らしい理屈ではある。しかし、世間には「スピード制限」というものがあるのだ。

車は高速道路へ入って、料金所を猛スピードで素通りしてしまった。係のおじさんが、目を丸くして見送っている。

「料金を払わないと──」

と、有利は言った。

「道路走るのに、お金がいるの？」

「そうですよ。ご存知ないんですか？」

「初耳」

と、肩をすくめて、「後で請求書が来るでしょ」

まさか！——有利は不安になって、

「あの……いつこの車を手に入れられたんですか？」

「一週間前よ」

と、貴子は言った。「安心して。今日が初めてじゃないわ。三度目よ」

安心できるお言葉で。——有利はもう一つ、訊いてみた。本当はあんまり訊きたくなかったのだが。

「あの……失礼ですけど、いつ免許をとられたんですか？」

「三日前」

と、貴子は言った。

「そうですか……」

有利は、やはり訊いたことを後悔した。

「さ、ドライブしましょ！」

と、楽しげな声を上げる貴子。「人を乗せて走るのって初めて！　やっぱりいいもんね！」

有利の笑顔は引きつっていた……。

20　自殺志願

急ブレーキの音。

さすがは外国製の何千万円もするスポーツカーである。これが並の車だったら、とても間に合わなかったろう。

有利は、高価なものにはそれなりの理由があるという原則を、ここで確認したのであった。——もっとも、そんな呑気なことを考えているには、状況はかなり切迫していて……。

笠野貴子の運転するスポーツカーは、今、海に向って鋭く落ち込んでいる断崖の上に停っていた。

よくここまでだって無事に来たもんだ、と思ったが……。

車は、断崖の端の方へ向いて停っている。

車が停って、しばし二人は沈黙していた。——有利は、汗がどっとふき出すのを感じた。

「——奥様」

と、有利は言った。「自殺なさりたいんでしたら、お一人でどうぞ」

「ごめんなさい。そんなつもりじゃなかったの」

と、貴子は言った。「でも——そうね。もしかしたら、無意識に死にたいと思っていたのかも……」

貴子の横顔が、いやに寂しい。有利は、ハンカチを出して汗を拭くと、

「ともかく車を……。崖の方へ向いてるのはいい気分じゃありませんわ」

と、言った。

「そうね。——バックするときって、どうやるんだっけ」

有利はまた冷汗をかいたが、何とか無事に車は少しバックして、道のわきへ寄せて停った。

交通量はそう多くない。ここに停めていても、格別邪魔にはならないだろう。

「奥様……。ご主人のことですか。私に何かしようとなさった、と……」

「事実でしょ？」

「ええ。でも、私、この爪で応戦しました。私の爪って薄いので、武器になるんです」

貴子はちょっと笑って、

「怖い猫だったわけね」

と、言った。

「ご主人の遊びを苦になさってるんですか？」

「そうじゃないわ。——こっちを愛してもくれない人に、いつまでも未練がましくすがりつくのは、趣味じゃないの」

と、貴子は少し落ちついた様子で言った。

「じゃあ、なぜ……」

「私の愛してる人のことでね」

貴子が言うのは、誰のことだろう?

沢本だろうか?

「その方とは——今も続いてるんですか」

「そう……。完全に切れたとは言えないわね」

では沢本ではない。すると、一体誰のことを言っているのだろう?

「でも、分るの。男の方で逃げたがるときって。こんなに何回も振られてるとね」

貴子はそう言って、ちょっと笑った。「そうなの。何しろ私、振られるベテランなんですもの」

少し意外な告白である。あの高飛車な態度は、こういうコンプレックスの裏返しなのだろうか。それとも、ただの気紛れか。

「私はね、一旦惚れたら、とことん尽くすのよ。でも、男の人は逃げてしまう」

——あのクラブの空き部屋での様子を見ると、必ずしも額面通りには受け取れないけれども、貴子の言うことは、まんざら嘘でもないだろう。

有利にも分る。いくらかの苦味を伴っての理解である。

貴子は、単純にできているだけに、夢中になると突っ走る。相手の男は初めの内、その情熱に感激するが、それが度を越すと恐れをなして逃げ出したくなってしまうのだ。

有利はそこまで行かない。情熱的に迫る前に、つい立ち止り、我が身を鏡に映して、やめてしまうのである。

「主人のことだって、全然愛してないわけじゃないわ」

と、貴子は続けた。「でもね、私が若い男とラブシーンを演じてるところへ入って来ても、『いや、失礼。どうぞ続けてくれたまえ』って真顔で言う人よ」

大した夫婦関係だ。有利は呆れた。

「そんな夫じゃ、愛だって冷めるわ。私、いつも愛していたい。愛されていたいの」

子供のままで成長の止っている人。――貴子はそういう女性の一人なのかもしれない。

「外へ出ない？」

と、貴子は言った。「ずっと車の中にいると、息が詰りそう」

「はあ」

有利も同感だった。何しろこういう車は、格好はいいが、中は決して広くない。

外へ出て、貴子は大きく伸びをした。

海の香りがする。風も湿っていた。貴子はどこかふっ切れたような表情で、

「ああ、すっきりした。――ごめんなさいね、怖い思いをさせて」

「いいえ。でも、二度とごめんです」

と、有利は正直に言った。

そして――ふと、通り過ぎて行く車を眺めていたのだが……。

トラックが一台、走って来る。道のかなり端の方へ寄っていた。

あのまま来ると、貴子の車へぶつかってしまう。中央の車線は空いているのに。

トラックはどんどん近付いて来た。真直ぐに。真直ぐに。

「危い!」

と、有利は叫んでいた。

トラックが目の前に迫っている。

有利は、貴子を抱きかかえるようにして――崖の方へは逃げられない。落ちたら一巻の終りである。

思い切って、道路の中央へと、貴子の体を引きずるようにして走り、中央分離帯の上に突っ伏した。

同時に、トラックがあのスポーツカーに真後ろからぶつかる。凄い音がして、スポーツカーのリアウインドーが粉々に飛び散った。

そしてトラックに押される形で、スポーツカーは崖の方へ斜めに押しやられ、ガードレールを突き破って、崖の向うへと消えた。

トラックは、そのままぐんとスピードを上げ、走り去る。後ろには——粉々に散ったガラスの破片が、キラキラと光っていた。

「どうしたの?」

と、貴子がポカンとして言った。

こっちが訊きたい! 有利は、車が来ないのを確かめてから、スポーツカーのあった場所へ行った。

切れたガードレールの向うを覗き込んでみると……あの車が、遥か崖下の岩の上で、波に洗われていた。

「ひどい……」

と、有利は今さらのようにゾッとした。「下手すりゃ、一緒に落ちてあの世行きでしたね」

「そうね」

と、貴子はまだボーッとしている。「車が死ぬと、専用の天国に行くのかしら?」

ともかく——あのトラックは、故意にあのスポーツカーを狙って来た。それだけは間違いのないところである。

「車に恨みのある人かしら？」

「車より奥様に、でしょ」

「でも、私……。外に立ってたわ」

「トラックが進んで来た方向から見ると、車のかげで、私たちが外に出ていることが分らなかったかもしれませんよ」

「そうね……。じゃ、私たち、殺されるところだったの？」

「そのようですね」

と、有利は肯いた。

「まあ」

貴子は、ただ唖然としている。

「差し当りはここからどうやって帰るかですよ」

と、有利は言った。

貴子が崖の下を覗き込んで、

「あの車で、この崖は上れないわよね」

どこまで本気なんだ、この人は？

有利は反対側へ移って、通りがかる車に乗せてもらおうと、手を上げた。しかし、大体車の数が少ないところへもって来て、停ってくれる車はなかなかない。

貴子もやって来て見ていたが、

「ねえ、スカートまくって、足見せたら？」

映画じゃあるまいし！

有利はため息をついて——次の車が来たとき、そっとスカートを上げて見せたのだが、やっぱり車は行ってしまったのだった……。

道ばたに立っている二人の女を乗せてくれる物好きな——いや、親切なドライバーを見付けるまでに、二時間もかかってしまった。

いい加減、足は棒のようになる。しかし、有利はまだデパートでの仕事で立ちづめなのに慣れているからいい。

貴子の方はすっかり参ってしまっている様子で、営業帰りという、そのセールスマンの車に乗せてもらうと、たちまちぐったりして、口をきく元気もないという有り様だった。

「——相当くたびれてるみたいだね」

と、運転している男が言った。

営業マンと言うだけあって、愛想がいい。

「あんまり慣れてらっしゃらないのよ、ずっと立ってるってことに」

と、有利が答える。「私は慣れてるんだけどね」

「どうしたんだい？　車の故障？」

「うーん、そうね、まあ」

かなりひどいが、あれも「故障」といえば「故障」には違いない。

「どこまで？――大手町の方でいいかい？」

「結構。悪いわね」

「なに、何人乗っても、ガソリン代はそう変らないさ」

若禿げだが、なかなか気のいい男である。

有利は、座席で少し落ちつくと、一体何があったのか、改めて考え直した。

あのトラックは、明らかに貴子の車を狙って来た。とっさのことで、有利もトラックを運転している人間を全く見ていない。

しかし、犯人の方は、ぶつかる直前に逃げた二人を目にしているだろう。――つまり、二人が助かったことを知っているというわけだ。

だが、誰が貴子を狙ったりするのだろう？　それとも――有利を狙ったのか？

笠野速雄のやったこととは思えない。大体お互いに浮気しているのは承知の上なのだから、何も殺す必要はないはずだ。

それに何か理由があって、妻を殺すにしても、いくらも機会はあるだろうし……。それとも、誰かに頼んで殺させようとしたのだろうか？

――有利は、ともかくこの「事故」のことを、笠野速雄へ知らせなくてはならない、と思った。

落ちた車をどうするのか知らないが、引き上げるだけでもえらく大変な手間だろう。

「――伊原さん」

と、貴子が、弱々しい声を出した。

「どうしました？　気分でも悪いんですか」

と、心配になって訊く。

「そうじゃないの……」

と、貴子は言った。「お腹が空いて……」

有利は、心配しただけ損をした、と思ってむくれてしまった。

結局、途中レストランの前で降ろしてもらった二人は、車のセールスマンに礼を言って、手を振ってやったりした。

レストランへ入り、とりあえずオーダーをしておいてから、笠野速雄に有利が電話を入れる。

笠野は車の中、ということなので、改めて車の電話にかけて、やっと捕まえた。

「やあ、どうしたんだ？」

「あの、車を一台よこしていただけませんか」

と、有利がレストランの場所と名前を伝える。

「分った。しかし——何してるんだ、そんな所で」

「食事してるんです」

「そりゃ分ってるが……。貴子の奴、確か車が来て、今日はそれに君を乗せるんだと張り切ってたよ」

「乗りました」

「その車は？」

「今、海水浴の最中です」

「何？」

——詳しいことは後回しにして、ともかく有利は席に戻った。

貴子がいない。

「トイレかしら」

と、呟いて、有利はともかく席についた。

貴子ほどじゃないにしても、有利もお腹は空いている。料理が来たので、先に食べることにした。

おかしいな、と思い始めたのは、ほとんど食べ終えてしまってから。——あんなに騒いでいた貴子が、どうして戻って来ないんだろう？

有利は、トイレを覗きに行った。しかし貴子の姿はない。

「あの、ちょっと——」

と、ウエイトレスに声をかけ、「ここに一緒に入って来た女の人、どうしたか見なかった？」

「ああ、出て行かれましたけど」

と、ウエイトレスが言った。

「出てった？　一人で？」

「ええ……。何か、知ってる方と待ち合せておられたんじゃないですか？」

「待ち合せ？」

「表の方を見てらして、何だか手を振ってから、出て行かれましたけど」

手を振って？

有利は不安な気分で、席に戻った。

誰かが、このレストランの前を通りかかったのだ。しかし——誰が？

こんな所を知っている人が偶然通りかかるなんてことがあるだろうか？

不思議だった。

問題はもう一つある。貴子が注文した料理をどうするかだ。——有利は結局、そっちもきれいに食べてしまったのだった。


やっと、笠野のビルに戻ったのは、もう夕方。

エレベーターを降りると、ちょうど笠野と顔を合せた。

「君か！　どういうことなんだ？」

と、笠野が訊くのを、

「そんなことより、奥様は戻られていますか？」

と、遮る。

「貴子？　君と一緒だったんだろう？」

「どこかへ消えてしまわれたんです」

「何だって？」

笠野は呆気にとられている。

有利は、貴子のオフィスへと急いだ。

案の定、貴子が戻った形跡はない。——どこへ行ってしまったのだろう？

留守番電話のメッセージランプが点滅していた。

有利はボタンを押した。テープが巻き戻って再生される。

「――伊原さん。よく聞いて」

と、貴子が吹き込んでいた。「私、誘拐されたの」

「何だって？」

ついて来ていた笠野が目を丸くしている。

「しっ！」

男の声に代った。

「金を用意しとけ。一億円だ。また連絡する。分ったな」

プッツと電話は切れて、ピーッという音がした。

「――今のは冗談か？」

と、笠野が言った。

「ご自由にお考え下さい」

「貴子を誘拐？――誘惑の間違いじゃないのか？」

有利は笠野をジロッとにらんで、

「必ずしもそうとも言い切れませんわ」

「どういうことだ？」

有利が、トラックに車を落とされたこと、レストランから貴子が姿を消したことを説明しても、笠野は、なかなか信じる気になれないようだった。

「――確かに、何か裏があるかもしれませんわ。でも、奥様はそんなややこしい計画を立てられる方じゃないと思いますけど」

「すると、本当に誘拐されたというのかね」

「その可能性がある以上、お金を用意された方がいいのではありませんか」

笠野は、

「信じられん！　誘拐だって？」

と、くり返している。

そう。――確かに、どこかおかしい。

貴子がレストランから、「手を振って」出て行った、ということ……。その相手が、貴子を連れ去ったとしたら、これは貴子も共謀しての狂言か、でなければ……。

もし犯人が本気なら、顔を知っている貴子はかなり危い。有利はもう一度、留守番電話のテープを聞こうと、ボタンを押した。

21　喫茶店の客

留守番電話のテープが回り、再び、

「私、誘拐されたの」

という貴子の声が聞こえて来た。

「ちっとも怯《おび》えてる様子じゃないぞ」

と、笠野が言った。

「しっ！」

有利は、テープに吹き込んである、男の声を聞きたかったのだ。

「金を用意しとけ。一億円だ。また連絡する。分ったな」

テープはここで終り。

有利は考え込んでいる。笠野は、不機嫌そうに、

「一億円だと？　馬鹿にしとる！　せめて十億ぐらい要求して来りゃいいのだ」

「変なことで怒らないで下さい」

有利も、一度引っかいてやったから、笠野のことが怖くなくなった。クビになっても仕方ないと覚悟を決めてしまえば、どうってことはないのである。

「こいつは、貴子と男の狂言だな」

と、笠野はウンと肯《うなず》いて、「放っとこう。その内、腹が空いたら帰ってくる」

犬か猫と間違えてる。

しかし、トラックにひき殺されかけた有利としては、そうスパッと割り切れないのである。

「でも、もし本当だったら？」

と、有利は言った。「奥様があんな話し方をされるのは、いつものことでしょ？

たとえ本当に誘拐されたとしても、きっとあんな風ですよ」

「しかし……だとしても、どうすりゃいいんだ」

「ここで、犯人の連絡を待つしかありませんね」

と、有利は言った。「またここへ電話してくるでしょうから」

「しかし——夜になったら、ビルを閉めてしまう」

「あなたのビルでしょう！　開けときゃいいじゃないですか！」

「あ、そうか」

見かけによらず（あるいは見かけ通り、と言うべきか）、鈍いのである。

「そうだわ！　笠野さん、この電話の番をしてて下さい」

「君は？」

「出かける所があるんです。戻ったら、ずっと夜っぴて私がついてますから」

「夜中もか」

と、笠野が言って、ふとニヤつくと、「ベッドでも運ばせるかね？——いてっ！」

有利の靴のかかとが、笠野の足を踏んだのである。

有利はエレベーターへと急いだ。間に合うだろうか？

エレベーターが下り始めると、

「妙なことになりましたね」

と、沢本が現われて言った。

「どう思う？」

と、有利は沢本に言った。

「あの夫人は何を考えてるのか、さっぱり分らないんですよ」

と、沢本は言った。「あの亭主の言う通り、狂言かもしれない」

「あの、誘拐犯のテープ、聞いてた？」

「ええ」

「あの声……。どこかで聞いたことがあるような気がするの」

「え？」

「黙ってついて来て」

エレベーターが一階に着いて、扉がスルスルと開く。

有利は、ほとんど走るような勢いで飛び出した。

――間にあった！

有利は肩で息をついていた。

「どこです、ここ？」

と、沢本が現われる。「喫茶店ですね。ずいぶん大きいな」

「いいわね、あんたは」

と、有利は喫茶店の中を見回して、「走っても息を切らさないし」

「寂しいもんですよ、それも」

と、沢本は言った。

ウエイトレスが来て、

「お待ち合せですか」

と言った。

「ええ。でも、少し早いの。入口のよく見える席って……」

「もし、よろしかったらお二階へ」

「そうするわ」

——今どきあまりはやらない、大型喫茶店である。

客のほとんどはサラリーマン。仕事の打合せに使う人ばかりだが、中には書きものをしている、ライター風の顔もいるし、一人、本を読んでいるのもいる。

二階へ上って、ちょうど入口を見下ろす席につく。

「コーヒー」

と、頼んでおいて、「ここにね、七時には現われるの」

「誰がです？」

と、沢本が訊く。

「いいの。ともかく見てらっしゃい」

——佃サエ子に、「パーティの客」の役を頼んだ男が、現われるはずなのである。

もちろん必ず毎日ということではないのかもしれないし、特に、もし同じ男が貴子を誘拐していたとしたら、忙しくて（？）こんな所へ来ている暇はないだろう。

しかし、一度はここで確かめてみる必要がある。

詳しいことを沢本へ説明するのは、少々長くなるので後回しにして、有利はじっと店の入口の自動扉を見下ろしながら、七時になるのを待った……。

あと二、三分で七時になる。

入る客、出る客。途切れることのない忙しさで、自動扉は開閉しつづけている。

有利は、何とも言えない苛立《いらだ》ちを感じていた。

「——どうかしました？」

と、向いの席の沢本が訊《き》くが、有利は黙って首を振るだけ。

気になっているのだ。——あの、誘拐犯の声。確かに、自分の知っている誰かの声だという気がする。

それでいて、「誰なのか」どうしても思い出せないのだ。

「もう七時ですよ」

と、沢本が言った。

「そうね」

七時だった――しかし、こんなときに限って、自動扉は閉じたままである。

いや、もちろん、相手は機械じゃないのだから、七時ぴったりに現われるという方が不自然だ。

少し、リラックスして……。そう。焦ってもしょうがない。

「大丈夫ですか？　いやに苛々してるみたいですよ」

ズバリと言われると、ムッとするものである。

「あんたのおかげでね」

と、言ってやる。「本当にもう……。少しは恩返しをしてほしいわね」

「ありがたいと思ってますよ」

と、沢本は言った。「何か、僕にできることがあったら、言って下さい」

有利は、ちょっと笑って、

「ごめん」

と言った。「あんたに当ってもしょうがないのよね。ただ、ちょっと気になってることがあって、それでいつまでも小骨みたいに喉に引っかかってるの」

「この事件のことですか?」

「そう。たぶん、あんたを殺した犯人とも関係あるはずよ」

——ガラッと音がして、自動扉が開く。

違う。女だ。ずいぶん急いで来たらしく、少し息を弾ませている。

「はっきり話して下さいよ。一体——」

「待って」

有利は、一旦目をそらしかけ、新しい客へと視線を戻した。「あれは……」

ウエイトレスが声をかけると、その女は肯いて何か言っている。

待ち合せの相手を捜すのか、その女は、下の席の間を歩いて行った。

「——びっくりした」

と、有利は呟《つぶや》いた。「もちろん……関係ないわよね」

その客は二階へ上ってくると、ぐるっとテーブルを見渡していたが——。

「あら、有利」

と、鈴木晶子は言った。

有利と鈴木晶子。

どっちも、よく似た表情をしていた。つまり、こんな喫茶店でバッタリ会ってびっくりしているのと、「あ、まずい」という気持が顔に出ているのと……。

「晶子……。何してるの」

有利は、ともかく何か言わなくちゃ、というので、口を開いた。

「待ち合せなの、ちょっと……。有利……何してるの？」

と、晶子は言った。

「うん、私も待ち合せ」

「そう」

有利は、ちょっと店の中をわざとらしく見回して、

「まだ来てないみたいなの」

と、言った。

「そう……。私の方も」

と、晶子が言って――ちょっと笑った。

晶子の彼氏のことは、有利も知っている。金持の坊っちゃんで、少々頼りないが人はいい、井田という男である。しかし、もしここで待ち合せている相手が井田なら、晶子はそう言うはずだ。有利は井田のことを知っているのだし、隠す理由もない。

しかし、晶子の表情には明らかに、「困ったな」という気持が見てとれる。ということは……。

「私、もう行くわ」

と、有利は伝票をとった。

「あら、いいの？」

「うん。遅れてくるような奴は相手にしないの」

「強気ね」

「もちろんよ。いくらでも後が控えてるもの」

と、大きなことを言って、「ここ、座ったら？　入口がよく見えるよ」

「そう？――悪いわね。何だか私が追い出したみたいで」

「そんなことないわよ」

有利は立ち上って、「じゃ、これで」

「うん。今日は元気そうじゃない」

晶子は明らかにホッとしている。

「何とかね」

有利は笑顔を見せて、二階から下りた。

レジでコーヒー代を払い、二階の晶子を見上げて手を振ると、店の外へ出た。

「――どうするんです？」

と、沢本がそばで言った。

「どうもこうも……。晶子が待ち合せてる相手が、もしかしたら……」

「というと？」

「私に見られちゃ困る相手なのよ。ということは、私の知っている誰か。分るでしょ」

「ええ」

有利は、腕時計を見た。七時十分。――ここで待とう、と決心すると、喫茶店の見える場所を捜して、辺りを見回した。

晶子も相当苛立っているに違いない。

有利も、くたびれていた。――七時を四十分以上過ぎても、晶子の待つ相手が喫茶店に入って行く気配はなかったのである。

結局、いい場所もなくて、有利は電柱にもたれて突っ立っていたのだ。

今日は何だかやたら立っている日だわ、とぼやいている。


「その『誰か』が、鍵だと思うんですね？」

と、沢本が訊く。

「直感だけどね。あの脅迫電話の声に、何となく聞き憶えがあることと、ここで七時に晶子が私の知ってる誰かと待ち合せているってこと……。偶然とは思えない」

「しかし、時間が――」

「分ってるわ」

と、肯いて、「でも、もしその男が笠野貴子を誘拐したとしたら、こんな所へ来てる暇はないでしょ。遅れて当然」

そう言いながら、有利は自分の直感が外れていることを祈っていた。晶子を巻き込むなんて、とんでもない！

同僚という以上の仲の友人である。お願いですから、何の係りもありませんように、と有利は祈った。誰に？　よく分らなかったが、ともかく祈ったのである。

「出て来ました」

と、沢本が言った。

「え？」

見れば、晶子が出て来る。一人だ。

「やっぱりすっぽかされたんですか」

「そうじゃないわ」

有利は、晶子が足早に歩き出すのを見送って、「それなら、もっとふてくされて歩くわよ」

「でも、一人ですよ」

「電話がかかった。きっとそうよ」

「あ、そうか、あの店に」

「そして晶子に、『どこそこへ来てくれ』と言ったんだわ」

「――どうします？」

「仕方ないでしょ」

有利は言って、「後を尾《つ》けるわよ」

と、晶子の後を追って歩き出した。

――気は進まない。友人をそっと尾行するなんて。

とんだ見当外れであってくれますように……。

晶子は、地下鉄に乗った。有利は少し離れて、晶子の目につかないように、同じ車両に乗り込んだ。

まだずいぶん混んでいるので、見られる心配はあまりない。チラッと盗み見ると、晶子は不安げな表情で、じっと暗い窓の外を見ている。

有利は、やはり自分の勘が当っている、と思わないわけにはいかなかった。よほど心配なことがあるらしく、晶子は普段見たこともないくらい、深刻な表情を見せていたのである……。

晶子が地下鉄を降りたのは、晶子自身の住いとは全く別の場所。

どこへ行くんだろう？

有利は少し遅れて降りると、ホームを歩いて行く晶子を尾けて行った。有利に気付いている様子は、全くない。

表に出ると、あまりにぎやかとは言いかねる住宅地。といって、大邸宅はあまり見かけない、どっちかというと下町の小さな住宅が並ぶ町並。

晶子は、迷うことなく、細い道をどんどん入って行く。見失わないためには、少し近付かねばならないし、といってあまり近いと気付かれる。むずかしいところだった。

しかも夜で、そう街灯も沢山あるわけじゃない。

ある角を、晶子がスッと曲る。有利は少し足を速めて、その角から、先を覗いてみたが……。

いない！　どこにも晶子の姿は見えなかった。というより、道がいくつにも分れていて、どっちへ行ったのか、見当もつかないのである。

「……だめか」

と、肩を落とすと、

「こっちです！」

と、突然沢本が呼んだ。

「あんた、見てたの？」

「少し前に出て、あの女性についていてたんです」

「よくやった」

と、有利は賞めてやったが……。

本心では、見付からなきゃいい、とも思っていた。知らなきゃ、心も平和というものである。

細い道を行くと、沢本が足を止め、

「この家へ入って行きましたよ」

と、一軒の少し古ぼけた家を指す。

「ここ？」

「そうです」

「確かに？」

「確かですよ」

暗いとはいえ、表札の文字は読める。――〈大崎〉。つまり、有利自身の上司である。

――大崎課長と晶子？

思ってもみない取り合せである。しかし、大崎にはちゃんと妻子があるはずだ。

晶子と、もし「男女の関係」だとしたら、不倫の仲ということになる。

有利としては、信じたくもなく、認めたくもなかった。晶子のためにも。

しかし、間違いない。

どうしてすぐに思い当らなかったのだろうか。——あの、笠野貴子を誘拐した、と通告して来たテープ。

あの声に、聞き憶えがあったのも当然だ。自分の上司の声——大崎課長の声だったのだから……。

22　慰めと励まし

「どうしたんです？」

と、沢本が訊く。

有利は構わずにスタコラ歩いている。

「大丈夫ですか？」

と、沢本は相変らずくっついて来る。

「うるさいわね！」

と、つい、有利は幽霊に向って怒鳴っていた。

——タイミングが悪かった。ちょうど、いささか柄の悪いヤクザっぽい二人組とすれ違ったところだったのである。

「おい、『うるさい』だって？」

と、ジロッと有利をにらんで、「言ってくれるじゃねえか」

しまった、と思ったが、何しろカッカしていると、我を忘れてしまう有利である。

「あなた方のことじゃありません」

と言ったものの、

「俺たちのことじゃないって？——へえ、面白いじゃねえか。ここにはお前と俺たち二人のほかに誰がいるってんだい」

と言われると、返事に困る。

「あの……まあ、そんなもんなんですよ」

と、わけの分らない言いわけをして、「失礼しました」

行きかけた有利の肩を、ヤクザの一人がぐいとつかんで、

「待てよ！　行っていいとは言わないぜ」

有利は、やけになっていた。相手構わずかみつきたい気分だったのである。

「放っといて！　独り言ぐらい言ったっていいでしょ！」

つい甲高い声を出すと、相手はますますカチンと来たようで、

「そういう詫《わ》びの入れ方ってのはないだろうぜ。土下座でもしてもらおうか、でなきゃ——」

ニヤリと笑って、「裸にでもなって目を楽しませてもらうかだな」

聞いていた沢本は目をむいて、

「失敬な奴だ！」

「あんたは黙ってて！」

と、有利がやっつける。「あんたが余計なことを言うからこんなことになったんでしょうが！」

「そんな風に言わなくたって……」

と、沢本は心外な様子で、「僕はあなたのことを心配してですね――」

「じゃ何？　今、この二人を叩《たた》きのめしてくれるわけ？　私がこいつらにてごめにされそうになったら、助けてくれるのね」

「いや、それは――」

「何もできないんでしょうが！　人に迷惑ばっかりかけといて！　余計な口出さないでちょうだい！」

ところで――当然のことながら、幽霊である沢本の声も姿も、ヤクザの二人にとっては存在しないわけで、有利が一人で空気を相手にやり合っているとしか見えないのである。何となく薄気味悪そうに、二人の男は顔を見合せた。

沢本がむくれて黙り込むと、有利は二人組の方へ、

「全く、うるさいったらありゃしない。――で、何ですって？　裸になれ？　いいわ

よ。ここで？　それともステージでも用意してくれる？」

開き直りもここまでくると立派である。

「——なあ、落ちつけや。別に俺たちはどうしてもってわけじゃないし……」

「なあ。ま、人間、苛々することもあるしよ」

「そうだそうだ」

「ま、気を付けて帰れよ」

何だかわけの分らないことを交互に口にして、二人の男はさっさと行ってしまった。

「何よ、せっかく人が承知してやったのに」

有利は二人の後ろ姿へ、ベエと舌を出してやった。

「やめた方がいいですよ」

と、沢本が言った。

有利はため息をついて、

「ま、結局、あんたのおかげで助かったわけか」

と、言った。

空気を相手にケンカする有利を見て、あの二人、気味が悪くなって逃げ出したわけだ。考えてみてもおかしい。有利は、声を上げて笑い出した。

「——大丈夫ですか？」

と、沢本がもう一度言った。

「あんたと初めて会ったときも、こんな夜だったわね」

有利は、公園のベンチに腰をおろし、星の出た夜空を見上げて言った。

都会の夜空は、何だかいつも白く濁って見えるが、今はそんなことも大して気にならない。

「そうでしたね」

沢本が、並んでベンチに腰をおろす。「あなたは、『ものうい風情』で、すてきでしたよ」

有利は、ちょっと笑うと、

「無理しないで。――あんたのことが見えるのは私一人だった。それだけのことでしょ」

と、言った。「私はいつも『壁の花』なのよ。あそこでもそうだった」

「有利さん――」

「誰か声をかけてくれないかな、と思いつつ、声をかけられたらどうしよう、って怖がってるの。――私は子供のころから、いつもそう。で、思い切って自分の方から声をかけてみると、たいてい肩すかしでね。自己嫌悪に陥り、もう二度とこんな所へ来るもんか、って……」

「誰だってそうですよ」

沢本の言葉に、有利は少々当惑した。

「あんたも？」

「結構もてる男と言われてましたけど、内心はいつもヒヤヒヤもんでしたよ」

と、沢本は言った。「それに、寂しいもんです」

「何が？」

「プレイボーイとか噂《うわさ》を立てられると、女の子たちが本気で寄って来ません」

と、沢本は言った。「面白半分。パンダでも見に来るみたいに、近寄って来て、ちょっと触っちゃ、『あ、生きてる！』ってわけですよ」

有利はつい笑って、

「今は生きてないわけだ。——あ、ごめんなさい。悪いこと言ったわね」

「いいえ」

と、沢本は首を振った。「そんな風に、相手に気をつかえる有利さんはとてもすてきです」

そう。——私も、賞められれば皮肉かと思うという性格は、改めなきゃいけないかもしれないわ、と有利は思った。

「あんたに八つ当りして、悪かったわね」

と、有利は言った。「ショックだったの。――別に大崎課長のことを好きでも何でもないのよ。でも、いつも一緒に仕事をしていた人が……。しかも、同僚の中でも一番仲のいい子と――。がっくり来るし、どうしていいか分んなくて、あんたに当ったのよね」

沢本は黙っていた。

何か言っても、有利の気が楽になるわけでないことを、承知しているからだろう。

「――でも、こんなこと、しちゃいられないわね」

と、有利は深呼吸して、「あんたの大事な良子さんのためにも、真相をはっきりさせなきゃね」

「――あの課長さんが、黒幕だと?」

「分らないわ。大崎課長に、そんなことができるわけないとも思うし……。晶子がいつの間に、課長とあんなことになっていたのかも……」

あの喫茶店で顔を合わせたときの様子からして、晶子と大崎が「大人の関係」らしいことは察しがつく。そういう点は、まず間違いないものである。

「そうか。――笠野の奥さんが言ってた男って、課長のことだったんだ」

と、有利は肯く。「でも、あの奥さんと課長？　信じられないわね！」

「でも、そこが面白いところでしょ、男と女の」

「そう。――じゃ、私も捨てたもんじゃないってことか」

有利はそう言って笑った。「大丈夫。もうすっきりした」

「大丈夫ですか」

「あんたもよく同じこと訊く人ね」

と、有利は言ってやった。「――こんなことしちゃいられないんだ。笠野の奥さん、課長の所にいるのかしら？」

パッと立ち上る元気さは、もういつもの有利である。


有利と沢本は、再び大崎の家の前までやって来た。

「――どうするんです？」

と、沢本が訊く。

「そりゃ、決ってるじゃないの。屋根に上って、家の中へ忍び込むのよ」

「そんな簡単に行きますか？」

「冗談よ」

と、有利は言った。「ともかく……何とかして中へ入んないとね」

しかし、何しろ大崎課長の家は大邸宅とはとても呼べない。どこかの窓でもガタガタ言わせようものなら、家中で聞こえてしまうだろう。

「じゃ、正面から入るか。堂々と玄関から。そんで……殺されたりしてね」

「そうです。現に僕と、何とかいう老人が死んでるんですよ」

「野田さんのことでしょ。忘れちゃいないわよ」

と、有利は言った。「でも、ここで突っ立ってたって、玄関の戸がガラッと開くわけじゃないでしょ。自動扉じゃないんだから」

有利は玄関の戸へそっと手をかけて、

「もちろん、鍵がかかってるに決ってるから——」

ガラッ。戸が軽々と動いた。有利は面食らって、

「開いてる？　どうして？」

「気を付けて下さい」

「何よ、今さら」

ともかく、有利は度胸を決めた。入って行って、大崎や晶子がたとえ共犯だとしても、まさか長年の同僚を殺したりしないだろう、と……。そう信じることにしたのである。

中は暗い。——有利は、エヘンと咳払いして、

「頼もう」

とは言わなかったが、まあそんな調子で、

「誰かいるでしょ」

と、声を出した。「いたら、出て来て……もいいわよ」

少々弱気なところも顔を出す。

どこか妙だった。――あんまり静かすぎる。

有利は上り込んで、明りを点《つ》けて行った。

家の中は外観にふさわしく（?）、薄汚れている。台所なんかろくに使っていないようだが、カップラーメンとか、レトルト食品の空容器が転っていた。

どう見ても、奥さんに逃げられた、って図ね。――有利は、一階を隅々まで見て回り、二階へ上ろうとして、気が付いた。ここには二階がないのだということに。

「これだけ? 狭苦しい家ね」

と、有利は誰もいなくて半ばホッとしながら、言った。

「――ここに、人が押し込められてたみたいですよ」

沢本が、戸の開いた押入れの方へかがみ込んで、言った。

有利が押入れを覗いてみると、なるほど下に蒲団を敷いて、そこに誰かが座っていたあとが残っている。

「ここに、笠野の奥さんが閉じこめられてたんだわ、きっと」

と、有利は言った。

「どこへ行ったんでしょう?」

「分らないけど……。そう。大崎課長が、晶子をここへ呼んだのは、人質をどこかに移すためだったのよ。だから——」

有利の言葉から、段々元気がなくなって行った。「もし……私が落ち込んでしまわないで、この家を見張ってれば、奥さんが運び出されるところを押さえられたんだわ」

「でも、仕方ありませんよ」

「そんなことないわ。私は……救いようのない馬鹿だわ」

有利は、ペタンと座り込んで、がっくりと肩を落とした。

沢本がそばに膝《ひざ》をつくと、

「すんだことはしょうがないですよ。犯人が分っただけでも、大変なことじゃありませんか」

と、有利の肩にそっと手をかける。

有利は、ちょっと微笑《ほほえ》んで見せて、

「あんたって、やさしいのね」

けなしたり賞めたり、忙しいことである。「そうね。——ここで座ってたって、事態は好転しない」

「そうです」

と、沢本が肯く。

「いずれにしても、大崎課長はお金を要求してくるわ。そのときがチャンスね」

「戻りますか」

「そうしましょう」

有利は自分を励ましながら、立ち上った。「あのドジな夫のところへ、身代金要求の電話が入ってるかもしれないわ」

二人は、表に出た。

「玄関に鍵をかけずに出て行ったのは、どうしてかしら?」

と、ふと有利は振り向いて、言った。

「よっぽどあわててたんじゃありませんか」

「それとも――二度と戻らないと分ってたのかもね」

有利は、考え込みながら、そう言った。「行きましょ」


笠野のビルへ戻って、貴子のオフィスへ入って行くと、笠野はソファに座って、居眠りをしていた。

「呑気《のんき》な奴!――ちょっと!　起きて下さいよ!」

と、揺すってやると、

「うん？　何だ？　地震か？」

と、笠野があわてている。

「何言ってるんですか！　犯人から連絡は？」

と、有利は大声を出してやった。

「そうでかい声を出さんでも聞こえる」

と、笠野は顔をしかめた。「いかんな。すっかり眠ってしまった」

と、欠伸《あくび》などしている。

「心配じゃないんですか、奥さんのことが」

と、有利ににらまれると、

「いや、心配しすぎて、疲れ果てて眠ってしまったのだ」

と、妙な理屈をこねている。

「電話はなかったんですか」

「間違い電話が一件。――なかなか色っぽい女の声だったぞ」

と、ニヤついている。

救われない奴！　有利は、笠野に大崎のことなどいちいち話してやる気にもなれなかった。

「――いいですか、笠野さん。本当に身代金が必要になったら、一億円、すぐ用意できます？」

「ローンじゃだめかな。カードでは？」

「殴られたいですか」

「いや、分った分った」

と、あわてて言った。「一億円、手もとにはない。明日、銀行が開いたら、おろしてくる」

「そうして下さい。——今夜は私、ずっとここにいます」

と、有利は電話のそばへ椅子を一つ引張って行って、腰をおろした。「お帰りになるのでしたら、どうぞ。眠られても構いませんよ」

笠野は、有利を眺めていたが、

「伊原君……」

「何ですか。口説こうったって、だめですよ」

「分ってる」

と、笠野は結構真面目な表情で言った。「しかし君……。うちの家内に特別世話になったわけでもなかろう。どうしてそんなに熱心に手伝ってくれるんだね？」

有利は、チラッと笠野を見上げて、

「人が一人、誘拐されたのかもしれないんですよ。私はたまたま、その人の下で働いています。これぐらいのこと、『普通の人』なら、やるんです。やらない人が人でなしなんです」

と、言った。「お分りでしたら、もう行ったらいかがですか」

笠野は、少し黙って有利を見ていたが、やがて足早に出て行く。

「――冷たいもんよね」

と、有利は言った。「かりにも夫婦だっていうのに」

「あなたはやはりすてきですよ」

と、沢本が言うと、有利の方へ笑顔を見せる。

「一億円か……」

と、有利は呟いた。

もちろん、大金だが、笠野のような男に要求する金額としては、べらぼうというわけではない。その点も、有利にとっては不思議であった。

23　真夜中の客

有利は、ずっと起きているつもりではあった。

しかし、実際のところ、今夜の内に電話がかかるかどうか分らないわけだし、電話が鳴って、すぐに出られればいいわけである。

有利は電話のそばに来客用のソファを持ってくると、そこに横になった。そう大柄な方ではないので、うまくすっぽりソファにおさまる。

やれやれ……。

沢本もいつの間にやら姿を消しているようだし、大崎の家まで行ったりして、ずいぶんくたびれた。――少し眠るか。

有利は目を閉じた。思いの他、スッと瞳が自分から閉じて行く。すぐ眠ってしまうかもしれない、と思った。

しかし、有利は電話が鳴ればすぐにパッと目を覚ます自信があった。大丈夫。眠っても、それでどうということはない。

「絶対に……大丈夫……」

と、自分へ言い聞かせるように呟いて、早くも有利は眠り込んでいた。

そして……何時間たったろう?

「――有利さん。――有利さん」

と、つつかれて、ハッと起き上る。

「え？」

沢本だ。

「何か音がしてます」

有利は反射的に電話を見たが、鳴っていない。しかし、有利もすぐに気が付いた。

エレベーターの方で、足音が聞こえている。ガタガタと何かのぶつかるような音。

そして、お皿の触れ合っているらしい音も聞こえる。

お皿？――こんなところでお皿の音がするわけないし……。何ごとだろう？

ともかく、時計を見ると、夜中の二時近く。――ビルの中へ、こんな時間に入って来るのは、まともな客ではない。

「――隠れた方が」

と、沢本が言った。

「ええ」

有利も、別に好んで若死にしたいわけではない。明りを消すと、机の下へ潜り込むようにして、姿を隠した。

コツコツ、という靴音と、ガラガラと台車かワゴンのような物を押してくる音。

「――何でしょうね？」

と、沢本の声が耳もとで聞こえた。

「ルームサービスかもしれないわ」

と、有利は何とか冗談を言うゆとりがあった。「あんた、そばにいてくれたの？」

「ええ、まあ……」

と、沢本は曖昧《あいまい》に、「おやすみになってる所を見るのも失礼だと思って、廊下の方で寝てました」

変なところで気をつかう奴。

有利は、真暗な中で、ちょっと微笑んだ。

足音が、ドアの前で止った。

有利は、息を殺して、誰がやって来たのか様子をうかがっている。

もし誘拐犯グループの誰かだとしたら、こんな机の下に隠れてたんじゃ、すぐに見付かってしまうだろう。しかし今さら、移動する余裕はない。

運を天に任せ、有利はじっと待っていた。

と、ドアをノックする音。

「――伊原さん」

と、声がした。「ルームサービスです」

有利は目を丸くして、耳を疑い、そして――気が付いた。この声は、山形君！

「山形君？」

と、机の下から這《は》い出す。

「そうです」

「待って」

暗い中、手探りでドアまで行くと、わきの明りのスイッチを押してから、ドアを開ける。

「どうも」

山形が、後ろにあの黒岩を従えて、立っている。

「山形君！――何しに来たの？」

ホッとしながら、有利は言った。

「言った通り、ルームサービス」

山形は布をかけたワゴンを押して来た黒岩の方へ、「おい、中へ入れろ」と言った。

「へえ」

黒岩は大して面白くもなさそうな顔で、ワゴンを部屋の中へ押してくる。

「――さ、布を取って」

山形に言われるままに布を取り去ると、シルバーの食器に盛られた料理とサラダ。いい匂いが鼻をしびれさせる。有利は啞然《あぜん》として、

「これ――どうしたの」

「お気に召すといいんだけどね。近くのレストランで作らせて来た」

「だけど……」

「一人で寝ずの番だろ？　お腹も空くだろうし、眠気もさすだろうと思って、夜食を持って来た。受験生みたいだろ？」

有利は、思わず笑ってしまった。

「受験生か！　そうねえ。――良く分ったわね、私がここにいる、ってこと」

「ちゃんと有利さんからは目を離さないようにしてたんだよ」

と、山形は言った。「例の笠野の夫人が、行方不明？」

「そうなの。誘拐されたらしいんだけど」

と、言って、それ以上詳しいことを話したものかどうか、迷った。

「まあいいさ。話は後だ。お腹が空いてると、人間、苛々して、ろくなことを思い付かないもんだよ」

「そう。――そうね」

こんな夜中にビルの中で夜食ね。有利には、山形の気持がありがたかったし、確かに少しお腹も空いていたので、早速食事をとることにしたのである。

時ならぬ「食事会」。

有利は、ワゴンの下のケースから、ワインだのパンだのまで出て来るのを見て、呆れてしまった。

「——さ、一杯」

グラスもちゃんと用意されていて、山形がワインを注ぐ。

「ありがとう。でも——」

「大丈夫。一杯だけだよ。この黒岩がちゃんと電話の番もするから」

「いえ、私がやるわ」

と、有利は首を振って、「これは私の仕事なの、任せて」

「分った。有利さんの自由にして」

山形は楽しげである。

「——あんたも何か食べれば？」

有利は、料理を見つめる黒岩の、強く訴えかける目に気付いて言った。まあ、もうちょっと重大なことを訴えてほしいという気もするが。

「食べるか？」

と、山形に訊かれて黒岩は、

「ご命令なら食べます」

「無理しないで。食べていいわよ。とても私一人じゃ食べ切れない」

「それでは」

と言ったとたん、目にも止らぬ早業で、皿へ料理をとり分けている。

「――良子さんの方はいいの？」

と、有利が冷やかしてやると、黒岩は赤くなって、

「ちゃんと……一人、ついてるんだ」

「別の男をそばにつけてある」

と、山形が言った。「有利さんの身が心配でね。ぜひ、黒岩にガードさせたいんだ」

有利は、食事をつづけながら、

「山形君……。何をつかんだの？　それに、どうして笠野の奥さんがいなくなったことを知ってるの？」

と、訊いた。

山形は、ワインを飲み干し、息をつくと、

「――有利さん」

と言った。「そもそも良く分らないんだけど、どうしてこんなことに首を突っ込むようになったんだい？」

「それは……。良子さんのためよ」

「しかし、いくら人のいい有利さんでも、命をかけてまで」

「山形君。何が言いたいの？」

山形は、食事の手を休めると、

「少し塩味がきつかったかな」

と言った。「——笠野速雄は、事実上、破産寸前」

有利は唖然とした。

「笠野が……破産？」

「もちろん、見たところは派手にやってるし、そんな気配はないが、裏へ回れば火の車。株だの不動産だので、しくじって、凄《すご》い借金をかかえてる」

と、山形は言った。

笠野が破産寸前？

有利はしばし呆気にとられていた。

「山形君……。別にね、山形君のこと、疑ってるわけじゃないんだけど」

と、やっと立ち直って、「本当に間違いないの？　いえ、私も一応デパートの社員だし、笠野はうちのデパートの大株主。それに、大のお得意様よ。デパートの方でも色々チェックはしているはずなんだけど」

「うちの親分の言うことに、ケチつけんのか？」

と、黒岩がむきになる。

「おい、よせ」

と、山形の方は一向に気を悪くするでもなく、「分るよ、有利さんの気持も。確かに、表面上、笠野は大丈夫。問題は裏の顔なんだ」

「何かやってるの?」

「僕は仕事柄、色々ヤクザとも付合いがある。笠野は、そういう連中からずいぶん借金をしてるんだ。これは表には出ないからね。しかし、噂をまとめてみると、まず、いつヤクザに会社ごとのっとられても、おかしくない」

有利は、フーッと息をついて、

「――何てことだろ! デパートの方も大変だわ、それが本当なら」

「まだ疑ってんのか?」

と、黒岩が食ってかかりそうになったが、実際に「食って」いるのは料理の方だった。

「信じるわよ」

と、有利は言った。「山形君が私に嘘《うそ》をつく理由もないしね」

「ありがとう」

と、山形は本当に嬉しそうだった。「有利さんの、そういうところが好きなんだ」

有利はちょっと苦笑いして、

「ただのお人好しよ、私なんて。笠野の奴はちょっと引っかかいてやったけど」

「しかし、それとこの件とどうつながってるかは、僕にも分らないんだ」

と、山形は言った。「まあ、女房の――貴子っていったっけ? あの女がどうして姿をくらましたのか」

——有利の頭に、ある考えが浮かびつつあった。いや、「考え」なんてはっきりしたものではなく、漠然とした「印象」に近いものだったが……。

貴子と、大崎課長。——デパートと笠野との何かの係りが、ああいう形になったのではないか。

大崎は、笠野が「危い」ことを、貴子から聞いて知っていたのかもしれない。デパートとしては、笠野をどうしたらいいか。むずかしいところである。

「——有利さん、大丈夫かい？」

と、山形が心配そうに訊いた。「危いことはやめてくれよね、頼むから」

「心配してくれてありがとう」

と、有利は心から山形に礼を言った。

沢本が殺されたこと。山野辺良子が刺されたこと。——それも、笠野の立場が危いというのと関係しているのかもしれない。

沢本は、何も言っていない。つまり何も知らなかったのだろう。

しかし、何かの偶然で、沢本が笠野とヤクザのつながりを知ったとしたら……。いや、知った、と笠野が思いこんだとしたら？

沢本はその口封じに、殺されたのだろうか。

「――色々、分って来たわ。ありがとう」

有利はもう一度礼を言って、「でも、いずれにしても私の役目は役目。Nデパートの社員として、やらなきゃいけないこともあるしね」

と、残った料理を食べ始めた。

黒岩がいつの間にやら食べていたので、大分料理は減ってしまっていた。

「ね、有利さん、この黒岩をそばに――」

と、山形が言いかけたとき、電話が鳴り出し、一瞬、三人とも沈黙してしまった。

「出なきゃ」

と、有利は息をついて、手を伸ばす。

「――はい、もしもし」

少し間があって、

「――笠野は?」

と、用心深い声だ。

わざと低い声にしているが、間違いなく、大崎である。

「出かけています。秘書です」

有利の声に気付いたらしい。向うがギクリとするのが気配で分った。しかし、向うもそのまま黙っているわけにいかないと思ったのだろう。

「——話は、分ってるな」

と、少し凄んで見せたりしている。

有利はこんなときなのに、笑ってしまいそうで、困った。大崎にはおよそ似合わないのである。

「はい、分っています」

「金はできてるのか」

「今夜は無理です」

と、有利は言った。「明朝、銀行が開き次第、用意します」

「確かだな？　一億円、ぴったりだぜ」

「はい、承知しております」

エヘン、と向うは咳払いして、

「それならいい。——妙な真似すると、女房は生かしちゃ帰さないぞ。そう言っとけ」

必死で考えたセリフなのだろう。

有利は、つい、「似合いませんよ、課長！」とでも言ってやりたくなったが、何とかこらえた。

「——で、お金ができたらどうすればいいんでしょう？」

と、事務的な声で訊く。

「持って来るんだ、笠野自身がだぞ。いいか」

と、大崎は言った。

「笠野がお持ちすればいいんですね。どこへですか？」

と、有利は訊いた。「もしもし？」

何だか向うの電話のそばで、

「――え？　――だって、そりゃまずくないか？　――うん、しかし――」

と、もめているのが耳に入ってくる。

有利はため息をついて、せめて送話口くらい手でふさげよな、と口の中で呟いたりした。

ともかく大崎は、こういうことに向かないのである。

「――いいか、よく聞け」

と、大崎がまた出る。

聞いてますよ。と心の中でふてくされ、

「はい、どうぞ」

と、肯く。「メモします」

「よ、よし……。お前が金を持ってくるんだ！　いいか」

「私が、ですか」

「いやだと言ったら——」

「いいですよ」

アッサリ言ったので、向うは拍子抜けの様子だった。「で、どこへ何時に?」

「う、うん……。九時に銀行が開く」

「それは私も存じてます」

「そうだろうな。——じゃ、十時に、T公園の噴水の前に来い」

「T公園?」

有利はちょっと考えた。——ああ、そうか。よくNデパートの社員が昼休みに一服しに行く小さな公園である。

「分りました。十時ですね」

「一億円。現金だぞ」

誰が身代金を手形で持ってくもんか。それとも、宝くじでも持ってってやろうか、と有利は思った。

「全部一万円札でよろしいですね」

と、細かいところで念を押す。

「そ、そうだな……。まあいい」

と、少しためらってから、大崎は言った。

「では明日、確かに」

「ああ。分ってるな。もし警察へ届けたりしたら――」

「奥様の命はない、ですね。承知しております」

しつこいんだから！――まあ、大崎らしいと言えばその通りだ。

電話を切って、有利はホッと息をついた。

「有利さん……」

と、山形が心配そうに、「行っちゃいけないよ」

「でも、これは秘書の仕事」

有利は、首を振って、「心配しないで。犯人の見当はついてるの」

「何だって？」

「私を殺そうとか、そんなことのできる人じゃないのよ。本当よ……」

有利の声は、どこか物哀しかった。

24　身代金の問題

「おはよう」

笠野速雄がドアを開けて言った。「ずっと起きてたのかね」

「少し寝ました」

有利は、きちんと洗面所でお化粧も直していた。「九時ですよ」

「うん、分ってる」

と、笠野は肯いて、「連絡はあったのかね、犯人から?」

「はい、今朝十時に身代金を持って来い、と」

「十時に?」

「九時に銀行は開いてます。一億円を用意して下さい」

と、有利は言った。「私がお金を持って行くことになっています」

「君が?——そうか」

笠野は何だかそわそわしている。「しかし……今朝は大切な客が来るし……」

「奥様の命の方が大切です」

「そう。——そりゃもちろんそうだ」

と、あわてて肯く。「分った。——一億円おろしてくるから、待っててくれ」

「急いで下さい。十時には犯人が待ってるんですから」

と、有利はせっついた。

「うん、分ってる。分ってるよ」

笠野は、急いで貴子のオフィスから出て行った。

有利は一人になると欠伸をした。

実のところ、「ウトウト」だけでなく、結構しっかり眠った。もちろん時間は足りないとしても、そう辛くはない。

ゆうべ、山形が食事を運んでくれたので、いつもよりずっと立派な食事をしたし。

これで貴子のことが無事にすめば、悪い一日じゃない。しかし、そううまくはいかないだろう。

「おはようございます」

沢本が急に現われて、有利はびっくりした。

「おどかさないでよ!」

「おどかしてるつもりはないです。しかし、幽霊としては突然現われるしかない」

「それもそうね」

と、有利は笑った。

「ね、有利さん……」

「何よ。天国の分譲地でも売りつけようっての?」

沢本は笑い出した。

「いや、全く! 有利さんにはかなわない」

有利はちょっと肩をすくめて、

「冗談でも言ってなきゃ、やり切れないわよ」

と言った。「——そうだ」

Ｎデパートへ電話を入れる。

「もしもし。——婦人服の鈴木晶子さん、お願いします。——あ、伊原です。晶子さん、いる？」

返事を聞いて、有利の顔がくもった。

「そう……。分ったわ。——いえ、いいの」

電話を切る有利を、沢本が見ていた。

「いないんですね、あの鈴木さんという女性」

と、沢本が訊いても、有利はすぐには答えなかった。

ソファにゆっくり身を沈めると、

「——退職届を出してるって」

「辞めたんですか」

「突然にね。あの大崎について行く気なんだわ、きっと」

有利の心は重かった。大崎と行動を共にしたら、「共犯」ということになるのである。それだけは何としても避けたかった。

今からでも？——それは可能だろうか？

有利は、笠野が金をおろして戻ってくるのを待った。

いくら金がないといっても……。一億円くらい何とかなるだろう。もちろん有利には「何とかならない」金額ではある。

「――もう九時四十分！」

と、苛々して、オフィスの中を歩き回る。「何をぐずぐずしてんの、全く！」

沢本が、まるで自分が怒られてでもいる様子で、小さくなっている。

九時四十五分。――やっとドアが開いて、笠野が入って来た。

「やあ、すまん」

と、息を弾ませ、「手間どっちまって、何といっても、金額が金額だからな。なかなかすぐには渡してくれんのだよ」

と、紙包みを机の上に置く。

「――これですか」

と、有利は言った。

「そうだ。君、それじゃ持っていってくれるね」

「それはいいんですけど」

有利はその紙包みを手に持って、「笠野さん。私は経理の人間じゃないですけど、それでも、これ、一億円にしちゃ、小さくありません？」

笠野はちょっと咳払いして、

「まあ……実はそうだ」

と、言った。「やはり、あんまり大きな金額を引き出すと、目立ってしまうからな」

「いくらあるんですか、これ？」

「しかし、それでも一千万、あるんだぞ」

一千万？——十分の一じゃないの！

「どうするんですか！　値切るんですか、犯人に？」

「いや、そこは君、うまくやってくれ。女房が無事でいる証拠を見せろ、とか、女房を先に返せとか……。要は取引きだよ」

有利はため息をついた。

「場合によるでしょう。奥様が誘拐されて助けなきゃいけないんですよ」

「分ってるよ。しかし——」

「笠野さん」

少し口調を厳しくして、「本当は出すお金がないんでしょう。そうなんでしょう？」

と、正面切って訊いた。

「な、何を言ってるんだ？」

笠野は目に見えてあわてていた。「そんな——それしきの金、いつだって用意してやる！」

と、矛盾したことを言って、

「それより、ちゃんと渡してくれよ。君に任せるぞ」

と、大きな声で言うと、さっさと行ってしまう。

「――頭に来る奴！」

と、有利は言ったが、もう時間がない。

笠野とやり合っている余裕はなかった。一千万円の紙包みを手にすると、オフィスを出て、エレベーターへと急ぐ。

公園まで、五分ほどだから、間に合うだろうが、性格というもので、早く公園へ着きたいのである。

ビルを出て、T公園へと――。

「いけね！」

有利は思わず声に出して言った。

ここはNデパートじゃなかった！　つい、「すぐそば」と思い込んでしまったのである。

「大変だ！」

あわててタクシーを停め、「――大至急、Nデパートの近くへ」

やっぱり、少しぼけていたのかもしれない。

「あんたも注意してくれりゃいいでしょうが！」

と、隣にいる沢本へ八つ当り。

「だって、僕はT公園なんて知りませんよ」

分ってる。沢本に当っても仕方ないのだ。しかし、ともかくじっとタクシーに乗っているのが、辛い。

しかし、幸い道が空いていて、T公園の前で停めてもらったときには、十時を十分ほど回っただけであった。

あわてて公園の中へ駆け込む。

確かに、金の受け渡し場所として、この公園はいいアイデアである。

昼休みやアフターファイブには、結構人が多いのだが、こんな時間は人っ子一人いない。のんびりと鳩がエサをついばんでいた。

どこだろう？　十分くらいで帰ってしまうことはないだろうが、大して広いわけでもないのに。

ベンチがあった。――色鮮やかな紫色。

しかし……。

足音がして、振り向くと、何とも珍妙なスタイルの男がやってくる。もちろん大崎であることは間違いない。

コートをはおって、サングラス、つばの広い帽子（似合わない）。

「待ったぞ」

と、男（大崎の声だとすぐ分る）は言った。

「車が混んでて」

と、出まかせを言う。「これ、お金です」

「よし、そこへかけよう」

と、男はコートのまま、ベンチへドサッと……。

「ああ……」

と、有利は思わず声を出した。

男は、有利が悲鳴でも上げると思ったのか、

「大声出すと、人が来るぞ！」

――人が来て困るのは自分の方であろう。何しろあがっているのだ。無理もない、
誘拐なんてものにかけちゃ素人である。

「助けを呼ぼうっていうんじゃないんです」

と、有利は言った。

「じゃ何だ？」

と、男はそのベンチに座ったまま、ゆったりと落ちついて見せ、片手を背もたれにかけた。

「あ……。もうだめ」

と、有利はため息をつく。

「何がだ？」

「そのベンチ……。貼紙が」

有利はおずおずと指さした。

「貼紙？」

と、男は言って――。

〈ペンキ塗りたて！　注意〉という紙にやっと気が付いたのだった。

焦って、背もたれにかけた片腕を離そうとしたが……。バリバリ、と音がして、すっかり貼りついてしまっている。

「畜生！」

と体を起こそうとして――背中がもろ、ベタッとくっついているわけで、お尻の方もそうである。

「何だ、こいつ！　馬鹿にしやがって！」

と、真赤になって怒っている。

何だか哀れな光景であった。有利はエヘンと咳払いして、

「こういうことには向かないんですよ、『課長』」

と言った。

男が――もちろん大崎だが――キョトンとして有利を見上げ、

「知ってたのか……」

と、拍子抜け、という口調。

「毎日聞いてる声ですもの」

「そうか……」

大崎は、フッと肩の力を抜いた。「そうだろうな」

大崎は立ち上ろうとして――貼りついたコートのおかげで、立つに立てない。仕方なくコートを脱いだ。というか、コートから脱け出したのである。

ベンチに「コートだけ」が座っているのは、おかしな光景だった。

「透明人間が座ってるみたい」

と、有利は言って、サングラスを外した大崎と顔を見合せ、そして二人は笑った。

「伊原君……」

「課長。――どういうことなんですか?」

と、有利は言った。「晶子――鈴木さんまで巻き込んで。課長らしくないじゃあり

ませんか」

「いや……。仕方なかったんだ。彼女とはごく最近のことで——その——女房に逃げられたと知って、同情してくれて……」

「それくらい自分一人で堪えなきゃ！」

と、有利が厳しい口調で言うと、大崎はゆっくりと肯いた。

「ともかく——」

と、有利は気をとり直し、「ここに一千万あります」

大崎がそれを聞いて、いぶかしげに、

「俺が一千万円って言ったのか？　一億円って言ったつもりだったけど」

「一億と言いましたよ、課長は」

「そうだろ？　じゃあ……」

「これしか出せないんですって、とりあえずは」

「十分の一？　そりゃひどいじゃないか」

「私に言われたって困りますよ」

と、有利は言った。「これでともかく間に合せて下さい」

「身代金を『間に合せる』のか？　あんまり聞いたことないな」

「文句言わないで。いばれたもんじゃないんですから」

「そりゃ分ってるけどな……」

と、大崎は困り切っている様子。

それはどう見ても、仕事のことで「布地が都合がつかない」とか、「仕立が何日までに間に合わない」と分ったときの課長の顔だった。

「もう一声、何とかならんか」

「私に出せって言うんですか？　この安月給の私に？」

と、有利は言ってやった。「――課長。どうなってるんです？　一体どうしてこんなことになったんです？」

大崎は、悩み深げなため息をついたが、

「それは言えないんだ。どうしても。分ってくれ」

「命を狙《ねら》われてるんですか」

「命を？　いや、そんなことはない」

「じゃ、どうして？」

「業務上の秘密だ」

大崎の言葉に、有利は唖然とした。業務上？　それじゃ、大崎は「仕事」として、笠野貴子を誘拐したのだろうか？

デパートも、最近は色々新しいサービスをやっているが、「人をかっさらう」というのはなかったような気がする。

「――有利さん」

と、沢本が後ろから声をかけて来た。「変な奴が後ろの茂みに隠れてます。ヤクザじゃなさそうですが、カメラを持ってます」

カメラ？　何をとろうというんだろう？

「――仕方ない。ともかくこれを持って帰って、また対応を検討しよう」

と、まるきり、仕事の口調。

「そうして下さい。深くは訊きません。ただ……」

「何だ？」

有利がパッと後ろを向くと、

「ワーッ！」

と大声を上げて、茂みへと突進する。

カメラを手にした男が、仰天して茂みから転り出た。そしてあわてて逃げようとして、みごとに転び、したたか腰を打ったのだった。

「何だ、あいつは？」

と、大崎が呆《あき》れる。

カメラを手にした男は、ジーパンをはき、ラフなジャケット。何となく本当の「カメラマン」ぽい格好である。

やっとこ起き上ると、

「いてて……。びっくりしたなあ！」

「どっちのセリフ？」

と、有利は言ってやった。

腰に手をあてて、じっくり男をにらみつけると、

「誰に頼まれて、こんな所にいたの！」

と、問いかける。「どこかのヤクザ？」

「とんでもない！　僕は――」

「あ！　どこかで見たことが……」

有利はちょっと考えて、思い出した。デパートに勤めていると、人の顔はよく憶えるようになる。

「そうか！　あんた、本職のカメラマンでしょ！　うちの売場をとりに来たことがあるわ」

「だから、カメラを持ってるでしょ。――おお痛い」

と、お尻をさすっている。

「そのカメラマンさんが、どうしてこんな所で『覗き』をやってるわけ？　私と課長

がラブシーンでも始めると期待してたの?」

「そんな……。そういう下品な仕事はしませんよ」

と、渋い顔で、「これも依頼された仕事なんです」

「私と大崎課長の写真をとるのが?」

「何か渡してるところをとれ、と言われてるんです」

と、カメラマンは言って、「ね、見逃して下さいよ、これがばれると、飯の食い上げで——」

「誰がそんなことを頼んだの?」

「それは……」

と、カメラマンはためらっている。

身代金を渡しているところをカメラにおさめる。——有利にはあらかた見当がついていた。

「分ってるわ。笠野速雄でしょ」

有利の言葉に、カメラマンがギクリとする。

「いや、それは——」

「もう行っていいわよ」

と、有利は言った。「ただし、中のフィルム、渡しなさい」

「ええ？　だって——」

「フィルム、入れ忘れた、とでも言っときゃいいでしょ。それとも、覗きをやってました
って、交番へ突き出す？」

カメラマンが渋々カメラの裏蓋をあけ、フィルムを取り出した。有利はシュッと中
のフィルムを全部引張り出して感光させ、

「はい、返す」

カメラマンの腕にかけてやると、「ネクタイの代りにする？」

と、言った。

25　隠れ家にて

大崎が、ドアをノックした。

「——誰？」

タタッと足音がして、そう訊く声。

「僕だ。開けてくれ」

すぐに鍵を開ける音がして、ドアが開いた。

「課長！　どうでした？」

と、鈴木晶子が言った。「ともかく中へ。――来ました?」

「伊原君か。うん、来た。身代金も持って来た」

と、大崎はため息をついて、「手付けだけだけどな」

小さな別荘風の建物、一応二階建だが、広くはない。

「手付けって……。一億円じゃないんですか?」

「うん。――一割だ。手付金としても、最低レベル」

「一千万円? ひどい! 何を考えてるんでしょう?」

晶子は、大崎の取り出した紙包みを開け、ざっと数えて、「本当だわ。一千万円しかない」

「困ったよ」

と、大崎は首を振って、「それにな……」

と、口ごもる。

「何ですか? ――有利が何か?」

「知ってたんだ」

と、大崎は言った。「伊原君がね、僕だってことを」

文章としてはおかしいが、気持の出ている言い方である。

「じゃ、有利に……。何かしゃべったんですか?」

「いいや。そこまではしゃべれないじゃないか」

「良かった！　有利には——何も知らせない方がいいわ」

「うん……」

と、大崎は、何となく元気がない。

すると、二階からパタッ、パタッとスリッパの音がして、

「あーあ」

と、欠伸しながら下りて来たのは、当の「人質」、笠野貴子。

「——あら、戻ったの」

と、大崎を見て、「どうした？　身代金は持って来た？」

「はあ」

と、大崎は少し言い辛そうにして、「実はとりあえず、一部分だけということでして——」

「一部分？　いくらなの」

「一千……万円です」

と、ためらいがちに言うと、

「ケチね」

と、一言、貴子は怒るかと思いきや笑い出したのである。

大崎と晶子は、当惑した様子で顔を見合せるのだった……。

「何だ、遅かったな」

と、机に向っていた笠野は、有利の顔を見るなり言った。

よく言うよ。人に行かせといて。

有利はベエと舌をだしてやった。もちろん心の中で、である。

「身代金を渡して来ました」

「ご苦労さん。で、いつ返してくれるって？」

と、笠野は大きな椅子にふんぞり返って訊く。

有利は呆れて、

「身代金、一割しか払ってないんですよ。返してくれるわけないじゃありませんか」

「しかし、分割払いは何でも現物をもらった後だぞ」

「通信販売じゃないんですから。それにですね――」

有利はドッカと笠野の目の前に椅子を持って来て、腰をおろした。

「何だね、君。座ってくれとは言っとらんが……」

「笠野さん。カメラマンを雇って写真をとらせて。どういうつもりですか」

有利の言葉に、笠野は目を丸くした。

「どうしてそれを――」

「説明してください」

と、有利はじっと笠野を見据えた。

「その必要はない」

と、突っぱねると、「君はもともとNデパートの社員だろう。もうデパートへ戻ってくれ」

「どういう意味ですか」

「言った通りだ。君にはもう用はない」

何かある。――笠野の態度には、どこか「してやったり」という気分が見てとれる。

「私は奥様の下で働いています。あなたにクビになる覚えはありません」

ムッとした有利は、そう叩きつけるように言って、笠野の部屋を出たのだった。

「――気に入らない」

と、廊下を歩きながら、有利は首をかしげた。「何か隠してるわ」

「どうなってるんでしょうね」

いつの間にやら、沢本がすぐそばを歩いている。もう有利も大してびっくりもしなくなっていた。

「大方の見当はついてるの。でも、それにしちゃ、笠野の様子がおかしい」

「見当がついてる、って？」

「笠野は金に困ってる。妻の方にしてみれば、どう？　金がなきゃ、あんな男にくっついてる気なんかしないでしょ」

「そりゃそうですね」

「そこで妻の方も考える。人のいいNデパートの社員を抱き込んで、夫が会社を投げ出さざるを得ないようにする……」

「投げ出す？　でも、凄い借金なんでしょ？」

沢本の言葉に、有利はピタリと足を止め、

「大変だ」

と、呟いたのだった。


一千万円の身代金をテーブルの上にのせると、貴子は、

「大した量じゃないのよね、一千万なんて」

と、言った。

「はあ」

と、大崎が当惑した様子で、「もちろん、私どもには『大したもん』ですが」

「じゃ、あげるわ」

と、貴子は言った。

「は?」

「持ってっていいわよ、これ」

貴子は、ソファにゆったりと座り、足を組んだ。ガウンの裾が割れて、脚がむき出しになる。

「さ、これがあなたたちの『手数料』」

「いえ、奥様」

と、大崎は首を振って、「私どもはNデパートの社員として、お手伝いしただけでございまして、そんなお金をいただくわけには――」

貴子が笑い出した。

「馬鹿言わないで。人を誘拐しといて、Nデパートのため、で通用するわけがないでしょ。いいから、持ってって。これはね、これからの仕事の前払い分も込みなの」

「奥様」

と、進み出たのは、鈴木晶子。「もう、課長にこれ以上何もさせないお約束です」

「あんたは黙ってなさい」

と、貴子はジロッと晶子をにらむと、「私とこの人はね、他の誰にも分らない深い絆《きずな》で結ばれた仲なの。そうでしょ?」

訊かれて大崎が真赤になる。晶子はキュッと唇をかみしめた。

「――いいこと？　ここまで私のために働いて来た以上は、とことんやってもらうわよ。どこまでやっても同じ。私が、あんたたちに誘拐されたと訴えたら、二人とも、刑務所行きよ」

「奥様――」

「さあ、度胸を決めて」

貴子は立ち上る。「やるのよ」

「何を……」

「決ってるでしょ」

と、貴子が言った。「主人をね、殺すの」

大崎が愕然《がくぜん》として、突っ立っている。晶子に腕をつかまれたのも気が付かない様子だった。

「大丈夫よ。笠野はね、暴力団絡みの借金ににっちもさっちもいかなくなってる。今殺されたら、犯人はその筋の人間と思われるからね」

「とてもそんなことは――」

「やるのよ。でなきゃ刑務所。どうする？」

大崎と晶子は、青ざめて言葉も出ない。

すると、

「ドラマチックな場面をお邪魔して、申しわけないね」

と、男の声がして、三人ともびっくりして飛び上りそうになったのだった。

笠野貴子は、見たことのない男――若そうなくせに大分太っている――が、もう一人、いささか人相の良くない男を従えて入ってくるのを見て、

「何よ、人のうちへ勝手に入りこんで」

と、文句を言った。「警察を呼ぶわよ」

男は笑って、

「呼んで困るのはそっちじゃないのかね」

と言った。「今の話をもう一度、警官の前でくり返すかね」

「あんたは――」

「ご挨拶《あいさつ》の代りだ。おい」

と、太った男が肯いて見せると、もう一人が上着の下から、拳銃を取り出した。

貴子も、もちろん大崎と晶子も青くなる。

「何をする気？」

返事の代りに、銃声と共に照明の一つが砕けて消えた。

「まあ、おとなしくするんだな」

と、男は言った。「笠野貴子ってのは、どっちかな？」

一瞬、三人が言葉を失う。

「教えてほしいね。こっちは仕事を請け負って来てるんだ。笠野貴子を殺してくれ、とね。礼はたっぷり。――引き受けた以上、間違いなくやりとげないとね。女が二人。ま、たぶんあんたの方だな」

と、男が貴子の方へ言うと、

「違うわ！」

と、貴子が大声で言った。「笠野貴子はその女よ！」

晶子がびっくりした。

「奥様――」

「何が『奥様』よ！　とぼけてもだめ！　この女が笠野貴子なのよ！」

「何てことを……」

と、大崎が真赤になって、「恥ずかしくないんですか！」

「馬鹿言わないで！」

貴子は、いきなり大崎の腕をつかんで引き寄せると、

「ね、助けて！」

と、小声で言った。「あんたに一億円払うわ。この女が貴子だと言って」

「こんな女の一人や二人、何よ！　お金さえありゃ、もっといい女がいくらでも手に入るわ。ね、いいでしょ」

男が首を振って、

「何をぐちゃぐちゃ言ってるんだ？」

と、顔をしかめる。

「あ、あのね、この人が知ってるわ、当然でしょ。そうよね？」

と、貴子が大崎の腕をしっかりとつかんで言った。

晶子は青ざめた顔で、大崎を見つめていた。大崎は、ゴクリとつばをのみこむと、

「あの……つまりですね」

と、言った。「笠野貴子は……この女です！」

大崎が、貴子だと指したのは、正しく貴子当人だった。

「嘘つき！」

と、貴子がわめいた。「こんな男の言うことを信じないで！　この二人はぐるなの。私をとじこめて、殺そうとして――」

「お静かに」

と、太った男が手を振って、「あんたが当人だってことは分ってたんだ。でも、最

「奥さん――」

後にチャンスを与えてやろうと思ってね。しかしあんたは自分でそのチャンスを潰《つぶ》した。——おい」

「へえ」

「一発で仕止めてやんな」

「かしこまりました」

間を置かず、拳銃が火を吹くと、貴子は胸を押さえて、その場に倒れたのだった。


笠野速雄は、のんびりと葉巻をくゆらしていた。

ここはオフィスに近いマンション。いわば「隠れ家」みたいなものである。

「やれやれ……」

と、煙を吐き出し、「これで何とか切り抜けられるか」

ゴホッ、ゴホッ、とむせる声がした。

「誰だ？」

と、笠野が振り向く。

「——私ですよ」

と、フラッと現われたのは、さっき貴子の所へも現われた太った男——もちろん、山形と、その後ろにくっついている黒岩。

「何だ。いつ入った？」

「そんなことは簡単です」

と、山形は言った。「仕事の方ですがね」

「ああ。やってくれたか、貴子の奴を？」

「はあ、間違いなく」

「そうか」

と、笠野は肯いた。「しかし、話だけではな」

「信じないならそれでもいいぜ」

と、黒岩が拳銃をとり出す。

「何だ？」

と、笠野が目を丸くした。「何の真似だ？」

「真似じゃねえ。オリジナルだ」

と、黒岩が言った。

「真似はあんたたちだな」

と、山形は言った。「あんたは女房を殺せと言った。かみさんは亭主を殺してくれと言った。亭主の倍出すと言ってね」

「馬鹿な！」

と、笠野はむきになって、「貴子にそんな金があるもんか！」

「あんたはどうだい。金に困ってる。俺たちに払う金はあるのか」

「あるとも！　貴子に保険がかけてある」

と、笠野は言った。「それに、あいつが死にゃ、みんな、しばらくはこっちの借金も待ってくれる。そんなときに催促してくる奴はいないからな」

「ケチな根性だな」

黒岩に言われちゃおしまいであろう。

「それが商売ってもんだ」

と、笠野は言った。「おい、本当に貴子に頼まれたのか？　それとも――」

「私に頼まれたんですよ」

と、声がして……。

「君は――」

笠野は、有利を眺めて、「どうしてこんな所へ入って来た？」

そして山形の方へ、

「おい、この女も片付けてくれ。少し知りすぎてるんだ。な、ちゃんと別料金を払う」

山形は首を振って、

「残念ながら、我々も、いつも金ばかりで動いているわけじゃないんでね」

と、言った。「時には青春の思い出に生きることもあるのさ」

「ロマンチックだ」

と、黒岩は、笠野へ近付くと、銃口をピタリとその胸に押し当てた。

「やめてくれ……」

初めて、笠野の顔が引きつった。「お願いだ……」

パン、と耳を打つ音がして、笠野はその場に崩れ落ちた。

有利は、息をのんだ。

「殺したの？」

「見てごらん」

と、山形は言った。

「傷がないだろ？」

「ええ……」

「空砲だよ。気絶しちまっただけ」

「良かった！」

と、有利はため息をついた。

「似た者夫婦だぜ」

と、黒岩が言った。「女房の方は、離れて空砲を撃ったのに、気絶しちまいやがった」

「あんたを警察へ突き出さなくてすんで、良かったわ」

と、有利は言った。「そんな物持ってると、捕まるわよ。警察を呼ぶから、姿を消して」

「じゃ、またゆっくりね」

山形は有利の手を取ると、その甲にキスして、黒岩を促し、出て行った。

「さて……」

有利は、倒れている笠野のそばへかがみ込むと、「――笠野さん！　しっかりして！」

と、呼びかけた。

「う……む……」

笠野が苦しげに呻《うめ》いて、「ここは……天国か？」

「あなたが天国へ行けるわけないでしょ」

と、有利は言ってやった。「この傷じゃもう助かりませんよ。何もかも白状してから、安心して死んだ方がいいでしょ？」

一緒にかがみ込んでいた沢本が、

「有利さんも、相当なもんだ」

と、呟いた。

「黙ってなさい。——笠野さん。もう時間がありませんよ！」

と、有利がおどした。

「しかし……痛みがないぞ」

と、笠野が言った。

「感じないんですか、何も？　このひどい出血なのに？」

と、有利は大げさに声を上げた。「もう感覚がなくなって来てるんですよ」

「そんなに……ひどいのか」

笠野には、自分の「傷」を見る勇気はとてもないようだった。

「何もかもしゃべった方がいいですよ。少しはあの世での待遇が良くなります」

と、有利は勝手に請け合った。「貴子さんと、お互いに会社の実権を握ろうとして、争ってたんですね」

「うん……。初めの内は冗談かと思っていた。ところが——あのクラブの例の小部屋で、居眠りしていた馬鹿な奴が殺されてしまったんだ」

「僕のことだ！　何だ、馬鹿な奴とは！」

と、沢本が怒っている。

「落ちついて。——笠野さん、沢本って人ですか、それ？」

「ああ……。私が女とあの小部屋にいて、出てすぐに沢本が中に入って休んでいた。

貴子に頼まれたヤクザが、私だと思って、沢本を殺しちまった……」

「何だって？」

沢本が声を上げた。「人違いで殺された？」

殺された当人としては、情ないものである。有利は、気にせず、先へ進んだ。

「それが、貴子さんの仕組んだことだと分って、用心するようになったんですね」

「そうだ……。しかし、その後、会社が危くなって、それどころではなくなった。二人の間も、しばし休戦状態だった。ところが……沢本の恋人だった女が、色々探り始めたんだ」

良子のことだ。沢本がまた身をのり出す。

「ヤクザを頼んで、その女を刺させた。死なない程度にだ。ところが、その女は誰かに代理を頼んだんだ。十周年のパーティまでに、その女が何者か、突き止められなかった……」

目の前の有利がその当人とは思ってもいないらしい。

「で、パーティで、沢本のことをプレイボーイだったと言いふらすよう、人を何人も雇ったんですね」

「どうして……君が知ってるんだ？」

と、笠野が目をみはる。

「あのときパーティに出ていたからです」

笠野が息をのんだ。

「君が！　あのときの女か？」

「そうです。あの野田って人を殺させたんでしょ。ひどいことを！」

「あれは……貴子のやったことだ。クラブの中に、手なずけてたのが何人かいて……」

笠野は、苦しげに喘《あえ》いでいる。「もう、気が遠くなりそうだ……」

「しっかりして！　もう少ししゃべったら、救急車、呼んであげます」

と、有利は言った。

「救急車か――。助かるかね、私は？」

と、笠野は情ない声を出した。

「さあ。胸につかえたものをすっかり吐き出したら、治るかもしれませんよ」

と、有利は非医学的なことを言って、「じゃ、貴子さんも、人殺しをさせたんですね」

「ああ……。恐ろしい女だ。女は怖い」

よく言うよ、と有利は思った。

「もう一つ。――あなたが色々やらせたヤクザって、あの山形って人ですか？」

「ああ？　いや、そうじゃない。あの男は今度初めて……。何だか向うの方から近付いて来たんだ。とんだ食わせ者だった」

「どっちが言うセリフですか」

有利はにらんでやった。「あ――脈が弱いわ。もうだめかも……」

「君！――やさしくキスしてくれんかね」

「甘えんじゃないの」

ポコンと頭を叩いてやると、笠野は目を回してしまった。

「呆れた。じゃ、警察でも呼んでやるか」

有利は、笠野の話を録音していたマイクロカセットのスイッチを切った。


「――何てお礼を申し上げていいか」

と、山野辺良子が言った。

「いいのよ。私も、滅多にできない体験をしたわ」

病室で、もう良子はずいぶん血色も良くなり、元気そうだった。

「可哀そうに、あの人。間違って殺されたなんて」

と、良子は首を振った。「でも、人に恨まれるようなこと、してなかったんだと思うとホッとしますけど」

「あなたもちゃんとうちへ帰れるわね」

「ええ」

と、良子は微笑んだ。「あの人の子を、大切に育てますわ」

有利の後ろで、グスグス泣く声が聞こえた。振り向くと、沢本が泣いている。有利
もからかう気はしなかった。

「きっと沢本さんも、あなたたちのことを見守っているわよ」

「そうだとも！」

と、突然沢本が大声で言ったので、有利は飛び上りそうになった。

そこへ――ドアが開いて、

「あら、いらっしゃい」

良子の母親が、赤ん坊のアイちゃんを抱いて入って来た。

「お母さん。――抱かせて。もう大丈夫よ」

「そう？」

良子がアイちゃんをしっかり胸に抱く。

「じゃ、これで」

と、有利が立ち上ると、沢本が、

「もう少しここに――」

「いない方がいいのよ。堪えなさい、男でしょ」

有利はそっと言ってやった。

エピローグ

「晶子！」

有利は、鈴木晶子の姿を見て、駆け寄った。

売場にいる時間だが、構やしない。

「復帰第一日よ」

晶子は制服姿で、少々照れくさそうに、「色々ごめんね、有利」

「何言ってんの。友だちでしょ」

「うん」

晶子が嬉しそうに肯く。

――笠野と貴子はどっちも逮捕され、しばし週刊誌などが大騒ぎしたが、もう忘れられている。Nデパートも大分影響を受けたらしいが、外部に対しては何とか体面を保ったのである。

晶子と大崎の二人も、処分はあって降格されたが、何といってもNデパートのためを思っての行動である、というので、そうマイナスにもなるまい。

「晶子、大崎課長と、どうするの？」

「もう課長じゃないけどね」

と、晶子は微笑んで、「二人とも子供じゃないし……。成り行き次第ね。それより、有利の方こそ」

「私がどうしたの？」

「まるで別人みたいよ。前はあんなに引っ込み思案で、おとなしかったのに。今は見違えるようよ」

満更、お世辞でもなさそう。

「そう？」

「輝いてるわよ」

「へへ……。そう賞めないで。照れるじゃないの」

「おだてにのりやすい所は、変ってないね」

「何よ、こいつ！」

と、肘でつつき合って、二人は若い娘のようにはね回った。

「——あ、じゃ、売場へ戻るわ」

と、晶子が言って、「お昼、一緒に食べようか」

「おごりなさい」

「うん！」

晶子が行きかけて、有利はピョンと一飛びすると、紳士服のコーナーへ戻ろうとした。

「今日は」

沢本が目の前に立っていて、

「キャッ！」

と、びっくりして飛び上ってしまった。

「よく飛びますね」

「何よ、もう！　いきなり出てくるな、って言ってるでしょ！」

「でも、仕方ないんですよ、幽霊は」

「次に出る時間でも教えといてよ」

「電車じゃないんですから」

――晶子は振り返って、有利がまた「幻」としゃべっているのを見ると、

「有利……やっぱり変ってないのかなあ」

と、心配そうに呟いた。

そしてちょっと肩をすくめると、婦人服売場へと、急いで階段を下りて行った。

本書は1997年3月徳間文庫として刊行されたものの新装版です。なお、本作品はフィクションであり実在の個人・団体などとは一切関係がありません。

徳間文庫

壁《かべ》の花《はな》のバラード

〈新装版〉

2020年3月15日 初刷

著者 赤《あか》川《がわ》次《じ》郎《ろう》

発行者 平野健一

発行所 株式会社徳間書店
東京都品川区上大崎三－一－一
目黒セントラルスクエア
〒141－8202

電話 編集〇三(五四〇三)四三四九
販売〇四九(二九三)五五二一

振替 〇〇一四〇－〇－四四三九二

印刷
製本 大日本印刷株式会社

ISBN978-4-19-894540-4 (乱丁、落丁本はお取りかえいたします)